La collection « Azimuts » est dirigée
par Jean-Marc Barrette
et Patrick Imbert

Rumeurs et marées

Azimuts | roman

Anne-Michèle Lévesque
Rumeurs et marées

Données de catalogage avant publication (Canada)

Lévesque, Anne-Michèle, 1939-
  Rumeurs et marées

(Azimuts. Roman)

ISBN 2-89537-040-0

I. Titre. II. Collection.

PS8573.E961D43 2002   C843'.54   C2001-941833-7
PS9573.E961D43 2002
PQ3919.2.L48D43 2002

Nous remercions le Conseil des Arts du Canada de l'aide accordée à notre pro-gramme de publication. Nous reconnaissons l'aide financière du gouvernement du Canada par l'entremise du Programme d'Aide au Développement de l'Industrie de l'Édition (PADIÉ) pour nos activités d'édition. Nous remercions également la Société de développement des industries culturelles, ainsi que la Ville de Gatineau.

Dépôt légal — Bibliothèque nationale du Québec, 2002
                        Bibliothèque nationale du Canada, 2002

Révision : Marie-Claude Leduc
Correction d'épreuves : Renée Labat
Infographie : Christian Quesnel

Éditions Vents d'Ouest inc.
185, rue Eddy
Hull (Québec)
J8X 2X2
Téléphone :   (819) 770-6377
Télécopieur : (819) 770-0559
Courriel :   ventsoue@magi.com

Diffusion au Canada : PROLOGUE INC.
Téléphone :   (450) 434-0306
Télécopieur : (450) 434-2627

À Daniel Giguère
qui m'honore de son amitié,
et dont la nouvelle « Ombres »
m'a inspiré le chapitre intitulé « Le Ressac ».

Ces choses m'ont été révélées à voix égale,
sous les manteaux des cheminées,
tandis qu'au dehors passait le siècle,
passaient les siècles.

Pierre MAGNAN
Le Mystère de Séraphin Monge

Murmures

J E SUIS FILLE d'une tempête et d'un naufrage.

J'habite Morlieux, un coin perdu sur la Côte-Nord, à quelques battements d'aile de Laridée.

D'où je suis, je vois la mer. Là où se perd la vue, des récifs sortent de l'onde pour former une île maudite, un lieu honni. Beaucoup plus près, je regarde les coquillages sur la plage, j'entends le déferlement de l'eau sur les brisants, le battement d'un vieux bateau de pêche contre le quai.

À l'ouest, le terrain descend jusqu'à l'ancienne prison, transformée en séchoir à poisson. À côté, la scierie. Vers le levant, juché bien haut, le phare, construit après le naufrage, veille maintenant sur la mer. Derrière chez moi, la pente glisse tout doucement vers la vallée au bout de laquelle il y a le lac Grave. De l'autre côté, c'est la forêt dense, décorée de dangers pour les imprudents qui oseraient s'y aventurer.

Comme presque toutes les maisons du village-d'en-bas, j'ai été construite par Jules Rivest, le menuisier.

Jules était doué d'une âme onirique qui le portait alternativement à l'émerveillement et à la nostalgie. Avec une douceur étonnante pour un homme massif, il caressait le bois, lui insufflait vie avant de lui donner la forme d'une sapine, d'une corniche ou d'un bardeau. Mais pudiquement, ce pêcheur de lune cachait son penchant à la fantaisie sous des dehors bourrus, marmonnant presque constamment, sur un ton qui semblait contenir une vague menace.

C'est à Jules que je dois mon apparence de « plus belle maison du village » et je suis fière d'avoir été conçue par un artiste. Certes, avec les années, mon bois est devenu vermoulu, ma galerie branlante par endroits. Mais il n'est pas un recoin de la maison qui n'ait éprouvé joie ou peine en entendant rire ou pleurer ses habitants successifs.

J'ai de la chance : je suis encore bien assise, en dépit de l'abandon de mes maîtres. Car on m'a laissée sans même un regard pour mes poutres solidement arrimées, mes chevilles de bois franc et mes murs aux planches rugueuses.

Autour de moi, il est d'autres carcasses, tout aussi disjointes, et dont les interstices laissent encore passer racontars et vérités, indistinctement.

Les jours de grand souffle, le vent bavard porte les souvenirs échangés entre le bureau du docteur, une cabane de pêcheur, la taverne du père Baril ou ce qui reste de la maison biscornue de la rebouteuse.

Tous les murs ont des histoires à raconter, des gémissements à faire entendre, des pleurs à cacher ou à partager.

L'été, le vent tendre porte les sons jusqu'au quai avant de bifurquer vers les Trois Yeux, une série de cavernes creusées à même le roc par une mer à l'humeur mauvaise. La souvenance prend d'assaut le phare qui, privé de gardien, n'éclaire plus la mer noire.

Venus les premiers frimas, les plaintes se transforment en cris. Sans source de chaleur pour réchauffer notre vieux bois, notre solitude est encore plus difficile à supporter. C'est toujours quand le nordet vient nous visiter que les pièces amputées de meubles entament leurs lamentations.

Et voilà que tout comme leurs maîtres d'antan, la boulangerie et le bureau de poste échangent des injures. Et voilà que l'école sanglote, que l'église chuchote, que la cordonnerie ricane. On raconte, on en remet, chacune faisant la surenchère des malheurs éprouvés. Une sorte de rallye de la tristesse et de la mélancolie.

Sans feu pour réchauffer les vieilles planches, les embruns ne tarderont pas à avoir raison de ce village fantôme. Moi, la plus importante des maisons, qui ai abrité père, fils et petit-fils médecins, je sens que je vais mourir... C'est pourquoi je veux me faire dès maintenant la porte-parole du village pour raconter fidèlement ce qui est arrivé.

Tout d'abord, je vais vous confier un secret, connu de moi seule : c'est une comète qui est responsable de l'exode ! Il ne faut pas toujours se fier à ce qui brille...

Les scientifiques, venus chez nous pour nous abreuver de mots savants, prétendraient que je me trompe. Mais que connaissent-ils des habitants de mon village ? Moi, je sais les gens et les choses.

Tant de gens et tant de choses...

Métempsycose

J E VOUS PARLE d'il y a bien des années de ça.

Par une nuit sans lune, le *R.M.S. Seaspray*, un navire qui battait pavillon irlandais, a sombré au large de la côte de Morlieux, juste après avoir dépassé le cap des îles.

Le capitaine aurait-il vu, comme certains l'ont prétendu, une lumière dans l'île Maudite? Ce n'aurait pas été la première fois que pareil phénomène se serait produit! Tant de pêcheurs ont déchiré leur barque sur ses récifs qu'on accorde volontiers des vertus maléfiques à cette île diabolique. C'est pourquoi, bien que sur les cartes modernes l'île ne porte pas ce nom, pour les habitants de Morlieux, elle a toujours été l'île Maudite.

Pour ne pas être victime d'une sirène, le capitaine du *Seaspray* n'en aurait pas moins été leurré par cette bande de terre longiligne qu'il aurait confondue avec la côte. C'était là ce que l'on supposa d'abord, car Patrick Dunmore devenait muet dès qu'on abordait le sujet.

Les armateurs venus de Liverpool se sont longuement entretenus avec le capitaine et les membres de l'équipage. Ensuite, une commission d'enquête a été tenue à Québec. De nombreux experts ont été appelés à témoigner et nous avions, bien sûr, les articles de journaux. Mais n'eût été d'un matelot bavard, personne au village n'aurait su le fond de l'affaire.

La réunion vespérale à la taverne a pris, ce soir-là, allure de conte de fées, alors qu'il racontait :

« Il faisait beau depuis au moins une semaine. Trop beau. Ça devait changer. Le premier avertissement est venu du ciel. Il faut toujours écouter le ciel quand il vous parle. Une menace toute grise, écrite dans les nuages, ce n'est pas une chose à ignorer… Ensuite est arrivé le vent qui donne froid aux hommes et aux navires. Les petites vagues couraient d'abord en riant, elles prenaient de la force et venaient se jeter contre le *Seaspray*. Ça faisait un joli petit bruit mouillé, assez agréable, ma foi. Mais après… Après, les lames se sont regroupées, colorées d'écume comme pour nous dire que c'était du sérieux qui s'approchait. Le bruit augmentait avec la pénombre du soir. Un soir presque jaune, avec des nuages serrés que le vent détricotait, étirait, allongeait bien au-delà de la vue. J'étais de quart. À la nuit, on naviguait dans une purée d'embruns qui sentaient le sel et le malheur. Alors j'ai pensé qu'un danger nous courait après et j'ai prévenu le capitaine. Les nuages étaient si bas qu'on pouvait presque les toucher. On n'a même pas eu le temps de lancer un message de détresse. Juste devant nous, le brouillard s'est déchiré et on a vu une barque avec des hommes qui nous faisaient signe de les suivre. Le capitaine était là, à côté, et il s'est mis à rire. On se croyait sauvés, vous pensez ! Mais la barque a disparu aussi vite qu'elle était apparue. Alors j'ai compris que ces hommes, c'étaient les marins péris en mer et que le *Seaspray* était perdu. J'ai vite fait un signe de croix. Ensuite, je me rappelle une danse où les lames me soulevaient au milieu d'un grand tapage… »

Pour fantastique qu'il soit, le récit n'en fut pas moins accueilli comme véridique par les auditeurs, des pêcheurs pour la plupart et qui, revenus chez eux, s'empressèrent à leur tour de tout raconter. Ainsi, les murs ont longtemps vibré au son de la voix rauque des hommes et de celle, plus claire, des épouses.

L'histoire de la barque fantôme n'était pas nouvelle. Il n'était pas un accident en mer qui n'ait été précédé par son apparition. Ceux qui la voyaient se hâtaient de retourner à terre, sachant, au plus profond de leurs entrailles, que les marins morts en mer réclamaient des compagnons…

L'histoire officielle du naufrage du *R.M.S. Seaspray* a été relatée nombre de fois. Les curieux peuvent encore aujourd'hui lire un récit des événements en se rendant au musée de Pointe-au-Père. Mais il reste une histoire inédite qui s'est transmise de génération en génération sans que personne, sauf les habitants de Morlieux, ne sache à quel point le naufrage allait changer le cours des choses.

Car il avait raison, le matelot du *Seaspray*. C'était une nuit à la noirceur sournoise, à fragrance de malheur. Une de ces nuits où l'orage atermoie pendant que le tonnerre accorde ses grondements, prélude à la grande symphonie syncopée. Une nuit d'espoir ou de désespoir, où il vaut mieux s'occuper à mourir d'amour plutôt qu'à périr noyé. Zénon Ménard l'avait bien compris, lui qui avait discrètement convié sa maîtresse à le rejoindre sur la plage, près des grottes, assuré que personne ne s'y promènerait par ce temps.

Il avait largement dépassé les prémices de son entreprise sentimentale et se livrait allègrement aux joies de l'adultère quand le bateau agonisant poussa un meuglement.

— T'entends ?

— Une corne de brume…

— Peut-être. Mais peut-être aussi qu'on a besoin d'aide. Vaudrait mieux sonner.

— T'as raison. À r'vi, mon loup !

La tendre appellation pouvait paraître étrange chez une femme dans la trentaine avancée, mais l'amour n'a jamais eu d'âge, a dit je ne sais plus trop quel sage. Après un dernier baiser, les amants se relevèrent. Elle secoua le sable de sa jupe avant de courir se mettre à l'abri des commentaires malveillants, tandis que lui allait donner l'alerte.

Elle n'avait parcouru que quelques mètres quand elle entendit résonner les premiers tintements de l'alarme. D'ici peu, tout le village serait sur pied. Il lui faudrait se glisser chez elle subrepticement.

La femme pensait sans doute qu'en passant à travers le cimetière, on ne la verrait pas. Elle prit la rue des Mariniers, rasa la façade du presbytère. Elle était devant l'église au moment où la cloche entonna sa complainte.

Le cimetière était là, à la fois rassurant et inquiétant. Elle s'y glissa. La lune, qui adorait jouer à cache-cache, filtra un moment derrière un nuage, éclairant les pierres tombales qui, du coup, s'allongèrent sinistrement.

Elle crut percevoir des sons étouffés et frissonna sous son mince chandail. Pourquoi avait-il fallu que ce fichu bateau soit en détresse précisément ce soir-là? Car enfin, ce n'était pas souvent qu'elle et Zénon avaient l'occasion de s'aimer. Une absence de Catherine, l'actuelle et austère madame Zénon, leur avait permis cette escapade.

Quoi? Cette fois, elle ne rêvait pas. Quelqu'un avait parlé, elle en était sûre. La voix était faible, presque doucereuse. Mais les mots…

— Tu n'as pas honte? Je sais à quoi tu pensais, tout à l'heure! Tu souhaitais que la mère de Catherine reste longtemps malade, n'est-ce pas? Oui, cette maladie, tu la bénis puisqu'elle te livre ton Zénon.

Une odeur de peur envahit ses narines tandis qu'une autre voix, vieille et enrouée, faisait claquer la condamnation.

— Putain!

Il s'ensuivit un étrange charivari attribuable au choc des paroles et des vieux ossements.

— Oh, dis, putain, c'est un bien grand mot!

— C'est le seul qui convienne!

— Elle s'est fardée, elle a mis sa culotte de dentelle. Comment vous appelez ça, vous?

— Si on me demande mon avis, moi, je dirais que…

— Eh bien justement! Ton avis, on te le demande pas!

— Putain!

— Écoutez-moi donc la mère supérieure! T'as pas fait des galipettes, toi, quand t'étais jeune?

— Ça fait si longtemps de ça…

— Putain!

— Tiens, un autre! Vous jugez vite! Moi je suis certaine qu'elle aime son Zénon. Pas vrai, petite, que tu l'aimes ton amoureux?

— L'amour, l'amour, y a pas que ça, dans la mort!

– Peut-être, mais dans la vie, si t'as pas d'amour t'as pas grand-chose!

Ce concert de défunts était révoltant! Et voilà que le mot exécrable retentissait à nouveau:

– Putain!

La colère repoussa la peur et, d'une voix ferme, l'amoureuse cria à son tour:

– Assez! Taisez-vous!

Elle prit appui sur la petite clôture et sortit de l'enclos sans plus se préoccuper de ses habitants.

Au cimetière, les pierres tombales cessèrent de vibrer, le silence reprit ses droits. Les trépassés avaient eu leur compte de chamailleries.

☙

Accroché à un coin du séchoir, un large triangle métallique servait d'alarme. Inconscient des problèmes macabres de sa belle, Zénon frappait vigoureusement à l'aide d'une barre métallique réservée à cet effet. Le résultat ne tarda pas: une à une, les fenêtres ouvrirent des yeux lumineux, les portes bâillèrent, laissant s'échapper des silhouettes sombres, engoncées dans de larges vêtements. Sans attendre, le curé fit sonner le tocsin et se dirigea ensuite vers la source du timbre sinistre.

Les premiers arrivés demandèrent à Zénon:

– C'est toi qui as donné l'alerte? Qu'est-ce que tu faisais sur la plage en pleine nuit?

– Rien. J'arrivais pas à dormir alors je me promenais.

– C'est pourtant pas un temps pour la promenade… Ah ah! Je gagerais que ta Cathou te manque, espèce de snoro. C'est pour ça que tu rôdes comme une âme en peine.

– Bon, ça va! On n'est pas venus ici pour discuter des états d'âme de monsieur Zénon Ménard!

Penauds, les hommes se mirent au travail. On alluma des lanternes, on mit des barques à la mer en se dirigeant vers les appels qui surgissaient de la nuit.

Une aide inattendue se présenta : le brouillard se dissipa, la lune apparut et on y voyait maintenant clairement. La comète, qui brillait dans le ciel depuis déjà quelques jours, était redevenue visible et jetait, sur la mer colérique, une lumière laiteuse.

Le *Seaspray* transportait marchandises et passagers. Faisant fi de la tradition, le capitaine fut l'un des premiers à quitter le navire pour monter à bord d'une des barques de pêcheur.

Je vous parle d'il y a bien des années de ça.

Tendre et dure Gabrielle

Il y eut plus de quatre cents victimes. Les corps repêchés vinrent agrandir le cimetière où on leur réserva un coin bien à eux, un secteur intime et paisible.

Cent trente-sept rescapés furent ramenés à terre. La plupart choisirent de s'établir soit à Laridée, soit à Morlieux. Parmi ces derniers, deux hommes allaient marquer à jamais le village : le capitaine du *Seaspray*, Patrick Dunmore, et le docteur Loïc Larmor, originaire de Bretagne.

On m'a raconté que les familles du village d'alors avaient ouvert leur maison aux rescapés. Logé chez les Beaupré, dans une chambre sombre et humide qu'il partageait avec deux ou trois mioches, le docteur a pourtant refusé d'acheter une maison laissée vacante depuis la mort de son unique occupant. Superstition ? Peut-être ! Loïc Larmor a décidé qu'il voulait une maison spacieuse, qui soit bien à lui. Et comme la moindre attente lui était insupportable, il a pris, le tout premier, entente avec les frères Rivest, les seuls menuisiers du village.

Aussi, quelques jours seulement après le naufrage, la construction commençait. J'étais en instance de naissance.

Rivest et fils, entrepreneurs, disait l'affiche de bois peinte qui pendait fièrement du balcon, retenue par une chaîne à chaque extrémité. La fierté de la famille Rivest tenait non seulement à sa descendance, mais également à la qualité du travail des hommes. Or, qui dit travail soigné dit long de temps pour fignoler. Le docteur Larmor n'avait cure de cette logique. Il voulait une grande maison, solide et belle à la fois, et il la voulait tout de suite.

    — Et alors ?

    — Ça avance !

    — Pas assez vite ! Où est votre frère ?

    — Parti travailler sur le site du phare.

    Le docteur rageait tandis que le Jules caressait rêveusement une queue d'aronde ou un beau bardeau de pin, sorti tout droit de la scierie quelques heures auparavant.

    Plus encore que sa propension au rêve, la placidité du menuisier faisait monter la tension artérielle du médecin sans que ce dernier puisse trouver un remède à son énervement. Il quittait le chantier et retournait chez les Beaupré où les nombreux gamins qui couraient en tous sens augmentaient encore sa nervosité.

    Il se consolait en regardant Armandine Beaupré, un beau brin de fille qu'il aurait volontiers basculée dans un coin solitaire, s'il s'en était trouvé un dans cette maison bardée d'enfants. « Ça viendra », se disait-il en guise de consolation. « Armandine et bien d'autres encore... »

    Et il repartait cette fois pour marcher dans la vallée ou encore pour s'enfoncer à marée basse dans la plus grande des trois grottes. Une ouverture naturelle dans le toit de roc diffusait une lumière presque diaphane que le docteur utilisait pour lire l'almanach, en attendant qu'on lui fasse parvenir de France les livres commandés péremptoirement par câblogramme.

    Quand la mer, en maîtresse possessive, gonflait ses flots pour réclamer bruyamment l'espace des Trois Yeux, Loïc repartait, les épaules courbées comme sous le poids d'une terrible misère. Les villageois le regardaient passer et commentaient, en haussant les épaules :

    — Tout ça pour une maison ! Il serait mieux de se faire une raison, c'est pas encore demain qu'il y entrera ! Et puis, attendre a jamais fait de mal à personne !

– S'il est pas content, il a juste à la bâtir lui-même !

– On dirait que la vie joue de drôles de tours des fois, vous trouvez pas ? Le Jules a l'air d'un docteur, et le docteur, lui, ressemble à un menuisier.

C'était vrai.

Loïc Larmor présentait une charpente débitée à la hache, un visage aux lignes brisées et un menton carré. On devinait chez lui le gueulard et l'entêté, deux caractéristiques qu'il ne tarda d'ailleurs pas à afficher.

En farouche anticlérical qu'il était, le disciple d'Esculape occupa ses temps libres à faire obstacle à l'installation d'un ex-voto commandé par le très catholique Patrick Dunmore.

Le médecin eut même cette phrase, qui tintait à la façon d'un sacrilège aux oreilles du curé : « Puisque nous avons été amenés ici, c'est que c'était notre destinée et le ciel n'a rien à voir dans cette affaire. »

Outré par cette attitude, offensé dans ses convictions, Dunmore manifesta verbalement son désaccord : les deux hommes devinrent des ennemis farouches et transmirent leur mésentente à leurs descendants respectifs.

Si elle déplut au capitaine Dunmore, la décision de Loïc de s'établir à Morlieux réconforta les autres habitants qui devaient, jusqu'alors, se rendre à Laridée pour consulter un médecin.

– Laridée, c'est le village voisin ? À quelle distance ?

Pendant que Jules travaillait à l'enfaîtement de mes lucarnes, Loïc empruntait un cheval et prenait le sentier pour Laridée.

༄

Quand le phare termina son escalade à l'assaut des nuages, j'étais en mesure de loger non seulement le docteur, mais aussi d'éventuels patients.

Je n'étais pas encore habitée que, déjà, mes fibres vibraient aux histoires colportées par le vent. J'avais fière allure ! Propre, nette, avec de larges pièces, dont un dispensaire rutilant. À l'étage, on trouvait quatre grandes chambres aux fenêtres hautes et étroites.

Mon grenier, encore neuf, attendait les rires d'enfants, leurs cachettes, leur naïveté. Intérieur commode, extérieur cossu. Et on me distinguait de loin avec mes bardeaux de cèdre peints en vert!

❧

Le jeune docteur Larmor avait quitté Audierne dans le Finistère, muni d'un important pactole et de cette recommandation paternelle: « Tu es mon seul héritier, mais si j'en crois les rumeurs, bon nombre de bâtards auraient droit à mon argent. Pars, va dans un pays neuf, fais-toi oublier. Je t'enverrai régulièrement de quoi vivre convenablement. Et tâche de ne pas tout dépenser en petites femmes! »

C'était là recommandation stérile, Loïc ne pouvant s'empêcher de butiner toutes les fleurs qui s'ouvraient devant lui. Cette floraison était d'ailleurs assez abondante, car aux traits anguleux de Loïc s'ajoutait tout ce dont un Breton est souvent pourvu: yeux d'un bleu magique, insolente chevelure blonde. Ce mélange en faisait un bel atout pour le village et les jeunes filles d'abord, les femmes ensuite, rêvèrent presque toutes de goûter au fruit défendu. Cependant, rendu prudent par son expérience en France, le jeune docteur filtra soigneusement les victimes consentantes. Il préférait d'ailleurs faire ses frasques à Laridée et se promit d'acheter un cheval le plus vite possible.

Il consomma. Quelques jeunes filles — mais il n'y avait guère de volontaires pour aller plus loin que les prémices —, quelques jeunes femmes qui recherchaient l'aventure pour pimenter leur ordinaire.

Redevenu insouciant à force de bonnes fortunes, il ne se méfia pas et fut l'homme le plus surpris du monde lorsque, juste au début du sentier entre Morlieux et Laridée, un claquement sec lui fit tourner la tête. C'est ainsi que la balle sortant d'un fusil jaloux le frôla de si près qu'elle emporta un petit morceau de son oreille avant d'aller se ficher dans un thuya!

Son envie de pisser coupée net, le jeune docteur rajusta son pantalon et réfléchit à l'incident. Il lui fallut un long moment pour comprendre qu'il avait dû surconsommer et ce, à même un panier dont les provisions étaient bien gardées. Il lui faudrait réviser sa stratégie s'il voulait continuer d'être admis dans les maisons de Laridée.

Pour redorer son blason, il commença de fréquenter Jeanne Lussier, une demoiselle sur le retour, depuis assez longtemps sur les rangs des filles à marier. Celle-là ferait son affaire, car elle alliait à son statut de vieille fille un physique asymétrique qui la déparait. Elle ne pouvait donc guère se montrer difficile, pensait Loïc, en marmonnant : « Je me la marie, je lui fais des gosses pour l'occuper et ensuite, à moi la belle vie ! »

Pauvre. Il comprit bien vite qu'il faudrait louvoyer pour mener ses projets de carrière sentimentale à terme…

En plus de n'avoir jamais connu d'hommes, ce qui allait de soi, Jeanne était vierge de cœur et d'esprit. Cela revenait à dire qu'elle était vide d'amour et d'intelligence. Lèvres pincées, nez fouineur, œil glacial, elle avait à cœur la vertu de ses concitoyens, certes, mais d'abord et surtout de celui en qui elle entrevit immédiatement un mari fort présentable en plus d'un pécheur à convertir !

Les épousailles eurent lieu à Laridée et je n'en sais que ce que l'on a bien voulu m'en raconter. Mais toute neuve que j'étais quand les nouveaux mariés se sont installés, j'ai compris bien des choses. La première, c'est que Jeanne avait accepté de partager sa vie avec Loïc Larmor dans le but inavoué, mais ferme, de le « remettre sur le droit chemin ».

Elle crut d'abord avoir réussi. Son mari se montrait attentif à ses moindres désirs, même à ses caprices, et ne parlait plus de se rendre à Laridée, les bons soirs ! C'est que le mariage impose des obligations ! Jeanne ne lui fit grâce d'aucune.

Moins d'un an après le mariage, elle donna à Loïc un futur médecin doublé d'un futur coureur de jupons. Alors, elle sut que le moment était venu de racheter son mécréant de mari aux yeux de Dieu et se refusa à lui s'il ne consentait pas à dire un chapelet avant l'acte.

Échec et mat ! Loïc Larmor repoussa net toute idée de compromis et ne parut même pas manquer ce que sa femme lui avait d'abord accordé, avec parcimonie il faut bien l'avouer. Il n'accepta jamais de fréquenter l'église, quelle que soit l'occasion.

Suprême humiliation pour Jeanne, son époux ne franchit même pas le seuil de la maison de Dieu le jour du baptême de leur fils. Mais les absents ont toujours tort... Lors de la cérémonie, l'enfant fut consacré à Dieu et enregistré sous les prénoms de : Joseph-Charles-Dieudonné Larmor.

Hosanna !

Jeanne se promit de faire de Dieudonné un saint prêtre qui achèterait le pardon de son père par des prières. Mais le projet allait rester à l'état d'intention et Jeanne enregistrerait ce nouvel échec avec une amertume infinie.

❧

Dieudonné, fils Larmor, suivit très rapidement les traces de son père. Il abordait la vingtaine quand un jour, sa mère le prit en flagrant délit alors qu'il appliquait le droit du seigneur sur la jeune servante du moment. Elle le força à épouser la timide Nicole Lafarge qui abandonna torchons et serviettes pour devenir à son tour madame Larmor.

Désormais, elles furent deux à s'occuper avec sollicitude de Dieudonné. Je les ai souvent vues s'asseoir à table avec un sourire hypocrite alors qu'elles venaient tout juste de se quereller vertement au sujet d'une chemise mal lavée d'après l'une, impeccablement lessivée selon l'autre.

À l'instar de son père, Dieudonné ne considérait nullement le mariage comme un empêchement à cavaler. Les reproches de plus en plus amers de sa nouvelle épouse lui faisaient autant d'effet que le proverbial verre d'eau.

Car la timide servante avait disparu au profit d'une virago. Elle était « madame docteur » et ce, avec d'autant plus d'assurance que Loïc avait cédé son cabinet à son fils le jour même où ce dernier était devenu à son tour médecin.

Si la cohabitation fut pénible entre les deux femmes, elle ne dura guère.

Loïc mourut comme il avait vécu, en bougonnant. Les fleurs n'étaient pas encore fanées sur sa pierre tombale que Jeanne s'éteignait à son tour, en odeur de sainteté, alors que sa belle-fille était grosse de bessons.

❧

Pensez si je les connaissais, les jumeaux au Dieudonné! En dépit de leur gémellité, Gabrielle et Daniel Larmor étaient encore plus différents que frère et sœur ordinaires peuvent l'être.

Leurs cris de bébé ont retenti jusque dans mes combles, tandis qu'ils se faisaient les dents sur une éclisse de bois tendre, fournie gracieusement par Jules. Les pleurs enfantins de Daniel retentissaient pour la moindre éraflure alors que sa sœur serrait les dents sur son bobo.

Enfant, Gabrielle s'adonnait avec passion à une occupation dite masculine: manier un marteau. Tandis que son frère s'amusait tranquillement avec des camions, l'occupation préférée de la petite fille était d'enfoncer des clous très rapprochés dans les planches de ma galerie.

Par quel atavisme et de quel lointain ancêtre tenait-elle donc cet engouement pour les travaux manuels? Ni Dieudonné ni sa femme n'avaient d'intérêt pour la menuiserie. Il fallait, l'heure du coucher venue, enlever de force le marteau à Gabrielle qui se mettait immédiatement en colère.

Le lendemain, on pouvait voir la fillette agenouillée sur les marches de mon perron, occupée à enlever, à l'aide d'un pied-de-biche, les clous plantés la veille.

Lasse d'intervenir, madame docteur obtint facilement l'accord de son mari pour engager une jeune servante. Certes, introduire une femme dans la maison représentait un certain danger dont Nicole était, eu égard aux circonstances passées, très consciente. Aussi se promit-elle de garder l'œil ouvert…

Elle choisit la jeune Angélina Beaupré, dont la réputation de fille sage était connue au village. Angélina venait tous les jours faire le ménage et les repas. Les bessons de Dieudonné grandirent, élevés par une servante, sous l'œil plus ou moins intéressé de leur père et celui, presque aussi indifférent, de Nicole.

Madame docteur avait des préoccupations autrement plus importantes que de s'occuper de ses enfants : c'est qu'il s'agissait de sauvegarder les villageois du péché et, maintenant qu'elle-même était devenue une femme respectable, Nicole Larmor s'estimait imbattable sur le plan de la vertu !

Velléitaire, Daniel avait invariablement le dessous dans les nombreuses querelles qui l'opposaient à sa sœur pour l'usage ou la possession d'un jouet. Devenu grand, il demeura timoré, contradiction vivante et flagrante de la maxime : « Bon sang ne saurait mentir ».

S'il semblait apprécier les absences de sa mère, le jeune garçon ne trouva pourtant rien de bien particulier à faire pour utiliser cette liberté, se contentant de quelques pierres lancées aux oiseaux imprudents.

À vingt et un ans, il entrait sans enthousiasme à la faculté de médecine.

❧

Gabrielle ne reçut pas plus de soins ou d'attention que son frère. Mais elle avait été dotée, dès sa conception, d'une force de caractère peu commune, combinée à une âme troublée dont elle cachait soigneusement les méandres.

C'était une enfant secrète, d'un entêtement prodigieux, qui ne le cédait en rien à celui du docteur. Entre père et fille, les rares affrontements étaient cataclysmiques ! Ah, elle m'en a donné des émotions, cette Gabrielle ! Mais dois-je l'avouer ? Elle a toujours été ma préférée. Sans doute parce que dure et tendre à la fois, elle me ressemblait...

Adolescente, Gabrielle prit l'habitude de confier ses émois intimes à un cahier dissimulé derrière une latte adroitement traficotée pour lui servir de cachette.

À dix-sept ans, après une peine d'amour dont personne ne pouvait mesurer l'amplitude, elle claqua la porte de son cœur, quitta ses études et annonça à ses parents qu'elle avait choisi son métier : le vieux Paul Lefèvre venait de décider d'aller vivre à la ville ; Gabrielle voulait lui racheter la cordonnerie avec sa part de l'héritage qui lui venait de France.

Les efforts conjugués de Dieudonné et de Nicole Larmor se heurtèrent à la volonté inébranlable de leur fille : Gabrielle devint cordonnière !

Le petit Dunmore

Quand il s'agit de ses habitants, le phare est intarissable. À l'écouter, les soirs de grand vent, on comprend que les Dunmore étaient de drôles de numéros, tous tant qu'ils étaient…

Le capitaine Dunmore n'avait pas aussitôt posé le pied sur le sol de Morlieux qu'il s'était mis à courtiser une fille du village.

Sharon, elle-même descendante d'immigrants venus de Terre-Neuve, mit au monde un fils, huit mois et trois semaines après le mariage.

Du coup, on compta sur les doigts, on calcula, on supputa. C'est que l'affaire était importante : il s'agissait de décider si Sharon était ou non une femme « comme il faut », entendez, une femme que l'on peut fréquenter. Faute de pouvoir se mettre d'accord en la matière, on accepta de lui parler, mais on garda une méfiance instinctive à son égard, méfiance par la suite reportée d'abord sur Egan, le fils, et ensuite sur Ian, le petit-fils.

L'ancien capitaine du *Seaspray* accepta de s'occuper du phare, dont l'érection, réclamée à grands cris après le naufrage, avait été exécutée en un temps record. Il n'en fut toutefois pas de même pour loger le gardien : on était à construire la maison du docteur, n'est-ce pas…

L'affrontement entre les deux hommes allait durer et durer. Le réseau radiculaire de la mésentente allait s'étendre jusqu'à Laura, la dernière Dunmore, un demi-siècle plus tard.

Quelques mois après ma construction, les Dunmore s'établissaient à leur tour dans la coquette maison attenante au phare, et Patrick prenait officiellement ses fonctions de gardien de phare. C'était là travail idéal pour qui n'aime pas besogner. Patrick Dunmore avait un sens inné de la gestion qui, il en était convaincu, commence par la délégation de tâches. Pour mettre sa théorie en pratique, il fit trimer sa femme d'abord, ensuite son fils devenu grand, se réservant la surveillance paresseuse des travaux…

Mais on aurait cru que cette famille était prédestinée aux eaux du fleuve. Quelque trente années après le naufrage, Egan eut à son tour maille à partir avec l'onde. Un jour où il était sorti en mer en même temps que plusieurs pêcheurs, sa barque chavira sous la poussée d'un contre-courant. Une main extrêmement poilue le hissa, grelottant autant de frousse que de froid, à bord du bateau le plus proche, celui de John Russel.

Irlandais de bon teint, Egan mit tout de même longtemps à se remettre de sa trempette dans une eau glauque dont la température vous glaçait les os, quelle que soit la saison.

Laissant son jeune fils Ian à lui-même, l'épouse d'Egan soigna son homme avec dévouement. Il fallut tout de même quelques mois pour réchapper ce nouveau rescapé qui conserva de la mer une horreur sans nom. Jamais plus il n'accepterait d'aller sur cette traîtresse mouvante !

Quand le père, enfin guéri, put faire quelques pas flageolants, le fils faisait déjà bonne route vers une carrière surprenante pour son âge et qui allait lui faire long usage : l'ivrognerie.

L'affaire avait commencé alors que l'enfant désœuvré se promenait dans un village où on se moquait régulièrement de sa petite taille et de ses cheveux flamboyants.

— Il doit avoir des idées fumantes !

— Moi je pense plutôt qu'il a l'intelligence cuite.

— Ouais, t'as raison. Ça doit être ça qu'on appelle une tête brûlée !

– Aïe, ti-cul! Approche-toi pas des poissons, ça va sentir le chauffé.

– *Drop dead!*

Si les antagonistes ne parlaient pas toujours la même langue, les attitudes étaient claires: c'était une déclaration de guerre et, par voie de conséquence, des pierres suivirent les quolibets.

Atteint à l'arcade sourcilière par un galet, Ian se mit à saigner abondamment. Les taquins comprirent alors qu'ils avaient été trop loin et s'esquivèrent, certains de n'être dénoncés, car c'eût été contraire à la loi implicite qui avait cours chez les gamins du village: on ne rapporte pas!

Quant au rouquin, court de taille autant que de patience, la notion du *fair play* était si fortement ancrée chez lui qu'il comptait bien se faire justice lui-même. On ne lui en donna pas l'occasion.

Un seul gamin avait assisté à la bataille sans y participer. Il prévint aussitôt sa mère. La femme sortit et vit Ian, le visage et la main droite barbouillés du sang qu'il avait étendu partout en tentant de s'essuyer du revers de la main.

– Mais tu es blessé! Viens ici, mon garçon, on va regarder ça de près.

Elle le fit entrer au Ressac, la taverne du village, et commença par tremper un linge dans un seau d'eau pour le débarbouiller. La chaleur qui régnait à l'intérieur, le visage anxieux de la femme et de son garçon, l'émotion d'une querelle sans cesse rabâchée, mais dont il ne saisissait pas la cause, rendirent le gamin si faible qu'il s'évanouit.

– Sainte Mère de Dieu! Le v'là qui se pâme! Émilien, va derrière le comptoir et donne-moi la bouteille de bagosse.

Glissé entre les dents à l'aide d'une cuillère, l'alcool fit battre les cils du garçon et il ouvrit les yeux, confus.

– Ça va mieux?

Il fit oui de la tête et s'évanouit derechef.

Alors, pour la première et l'unique fois de sa vie, Adeline Baril, femme de l'aubergiste, prit non pas une mais deux décisions et ce, sans même consulter son époux: elle fit mander le docteur et alla voir le curé.

∾

Que de souvenirs! À l'époque, j'avais perdu l'odeur du bois fraîchement plané. J'étais arrivée au stade de cette apparence moelleuse de maison irradiée par les passions de ses habitants.

Le ciel — souvent bleu en ce temps-là — m'est témoin : le jeune Irlandais a été mon visiteur préféré. Car il m'a révélée à moi-même! Quand j'ai vu arriver cet enfant que je devinais frondeur derrière son visage blême, j'ai compris que j'avais un don divinatoire : ce gamin deviendrait un fauteur de troubles, je le pressentais dans toutes mes fibres!

∾

Pendant que le petit était avec nous, au dispensaire, Adeline Baril se rendait au presbytère. Elle raconta l'histoire au curé de l'époque, un géant taillé à chaux et à sable.

La voix du prêtre était en accord avec son gabarit, aussi le résultat fut-il non seulement péremptoire, mais sonore. Le prône du dimanche porta sur ceux qui s'en prennent à des plus faibles et se termina par une verte semonce à l'égard des jeunes garçons du village impliqués dans l'affaire. Pire, les coupables furent désignés nommément!

Au sortir de la grand-messe, il y eut des oreilles tirées, des derrières rougis, des corvées ajoutées et même quelques repas supprimés.

— Tu passeras le dîner en dessous de la table!

— Viens ici, mon crapaud, que je t'apprenne à vivre!

Que la punition soit physique ou non, le même mot d'ordre circula : « Laissez le petit Dunmore tranquille ».

Ian Dunmore promena pendant quelques semaines un sourcil raccommodé et un œil tuméfié orné de superbes couleurs : du noir à l'indigo avant de virer au rouge vineux, puis au jaune brunâtre. Malgré cet arc-en-ciel surprenant, on l'ignorait complètement et le gamin se retrouvait seul à en crier. Cette solitude allait le mener à

deux activités auxquelles il s'adonna presque simultanément : l'onanisme et l'alcoolisme.

Après la classe, il se réfugiait auprès de sa mère qui surveillait
distraitement ses devoirs du coin de l'œil tout en veillant sur son
mari. Il suffisait d'un geste du malade pour que la mère, d'un signe
de tête, libère son fils qui sortait alors et se rendait furtivement en
un lieu magique, découvert quelques jours après la bataille : la
remise du tavernier.

Dès l'entrée, on était assailli par un relent de fermentation de
patates et de pissenlits, deux ingrédients essentiels à la fabrication
du vin, comme chacun le sait. Le père Baril y entreposait également ses bouteilles vides. Mais ce n'était pas tout ! On trouvait
aussi des tonneaux, des cuillers, des entonnoirs, des cruches de
grès, des serpentins.

L'unique fenêtre, où s'entrecroisaient des fils d'araignée, laissait
passer une lumière avare qui renforçait encore le mystère des lieux.
Ian allait de ravissement en émerveillement, faisant chaque semaine
des découvertes. Parfois, il s'amusait à déplacer un objet, pour le
simple plaisir de le retrouver au même endroit à sa prochaine visite,
confirmant ainsi l'inviolabilité du lieu.

Une des fouilles permit au jeune garçon de trouver une bouteille presque pleine d'un liquide qui sentait fort. Le gamin l'ignorait, mais il venait de débusquer la cache du père Baril. Alors, il
inventa un autre jeu : boire quelques gorgées de cette amère décoc-
tion avant de se livrer aux plaisirs de l'onanisme. C'est ainsi que le
père Baril le trouva, un jour, l'estomac un peu barbouillé, le corps
chaud, la braguette ouverte, révélant son secret.

On aurait pu croire que les conséquences allaient être terribles,
car le tavernier était notoirement atrabilaire ! Mais, à ce que raconte
la cabane, encore debout depuis le temps :

*Rien que d'y penser, j'en ris encore. En voyant le visage confus du
garçon, Josaphat Baril a pris la bouteille de bagosse posée par terre, en
a bu lui-même une longue gorgée et l'a tendue à Ian, l'invitant à en
faire autant.*

— Maintenant, montre que t'es un homme. Bois !

Si le gamin revint dans la remise, il ne semblait plus y prendre le même plaisir qu'auparavant, lorsque, convaincu d'être le seul à s'y rendre, il y passait des heures délicieuses. Sans doute trouva-t-il un autre endroit pour se livrer à des plaisirs solitaires ! Mais entre lui et le tavernier existait maintenant un pacte hebdomadaire, scellé par une complicité alcoolique. Et le fils Dunmore fut bien la seule personne de tout le village qui ne subit jamais l'avarice pourtant légendaire du tavernier. Josaphat Baril, qui ne prêtait guère attention à son propre fils, fit du petit Irlandais son aide pour fabriquer de l'alcool frelaté.

Quand la remise nous parle de cette époque, elle souligne que le jeune garçon fut un élève fort attentif.

Il semblait avoir un compas dans l'œil et savait jauger, au millilitre près, le degré d'eau à ajouter ou à enlever.

స

Moins d'une dizaine d'années plus tard, Ian utilisa cette même précision pour se choisir une épouse belle et soumise, ainsi qu'il se doit.

Et comme il n'avait jamais pardonné l'ostracisme des gamins de jadis, il méprisa à son tour les filles de Morlieux au profit de celles de Laridée.

En choisissant sa dulcinée chez les voisins, Ian Dunmore n'avait pas le mérite de l'originalité. C'était coutume de marier un garçon de Morlieux avec une fille de Laridée et, inversement, les garçons du village voisin venaient régulièrement courtiser nos filles. Le trafic matrimonial était florissant entre les deux communautés.

L'absence de route carrossable n'empêchait en rien les jeunes fringants de se rendre, en une petite heure, à l'autre village pour y passer la veillée avec leur belle. Hiver comme été, tous les samedis après la soupe, on chaussait raquettes ou souliers propres et d'un pas vaillant, on empruntait le sentier menant à Laridée.

Le jeune Dunmore faisait bonne figure parmi les prétendants de la belle Maureen O'Brien. Et, quoique fort éloignés dans le temps, les ascendants irlandais de la jeune fille représentaient un attrait de plus pour le soupirant.

Enfant unique, Maureen avait été couvée par ses parents qui ne voyaient pas ces fréquentations d'un très bon œil. Les O'Brien auraient hésité à agréer quelque prétendant que ce soit car, à leurs yeux, aucun n'était assez bien pour leur fille. Mais Maureen était amoureuse. Ses parents durent céder devant sa mine allongée et ses pleurs.

Les fiançailles furent annoncées et, un an plus tard, Maureen troqua son nom pour celui de son mari et quitta sa famille pour venir habiter la maisonnette blanche et rouge attenant au phare de Morlieux. On se serra volontiers pour accueillir la fraîche épousée aux yeux meurtris par les nuits où l'amour repoussait le sommeil.

Sharon, celle qui avait donné naissance au premier Dunmore à Morlieux, avait laissé la place vide, quelques années auparavant. Aussi la jeune épousée eut-elle plus de besogne qu'elle n'en souhaitait avec ces trois hommes qui attendaient d'elle le manger, le boire et le reste! Elle essayait bien de se faire toute petite quand elle gravissait les quelques marches de l'étroit escalier menant aux chambres, mais c'était peine perdue. Peu importe le Dunmore qu'elle croisait, des mains impudiques la frôlaient.

Grand-père Patrick lui pinçait les fesses qu'elle avait presque noires de ces marques de lubricité. Egan préférait les seins fermes, qu'il triturait sans se gêner, parfois même en présence de l'époux. Quant à Ian, il avait tous les droits et les exerçait à satiété.

Régulièrement, Maureen allait à confesse avouer les péchés des autres, qu'elle faisait siens, tant elle se sentait coupable d'avoir un corps qui invitait à la luxure.

Le ciel, qui récompense la vertu plus rarement qu'on ne le pense, allait toutefois donner à Maureen l'illusion d'un sursis: elle vit s'éteindre le grand-père, ensuite le père de son mari. Patrick mourut du mal de langueur qu'il traînait depuis le naufrage, son fils Egan le suivit de peu, emporté par une mauvaise bronchite. Ian continua de boire malgré les deuils rapprochés.

À la même époque, il y eut une grande annonce de mort. Le cimetière s'agrandit pour accueillir plusieurs nouveaux venus.

Le docteur Loïc Larmor partit sur un dernier coup de gueule, sa Jeanne le suivit, fermement décidée à obtenir, dans l'au-delà, ce qu'elle n'avait pas réussi de son vivant : la conversion de son mécréant de mari.

Josaphat Baril prit son dernier verre un soir de gelure. On a raconté qu'il émanait, de sa fosse pourtant comblée, une odeur d'alcool qui incommodait les dames pieuses de Morlieux. Mais on dit tant de choses...

Cette fragrance si caractéristique, moi, je sais bien ce qu'elle est devenue ! Quelques jours après le décès de Josaphat, par un petit matin blanc de froidure, Ian Dunmore transporta en grand secret la presque totalité du contenu de la remise du père Baril.

La petite maison jouxtant le phare soupira :

Il avait été à bonne école avec Josaphat. Et il était prêt à prendre la relève pour la fabrication et la consommation de la bagosse. La belle Maureen en a pleuré des nuits, étendue aux côtés d'un homme ivre mort ! Pauvre ! La vie lui a mesuré le bonheur au compte-gouttes !

Et le chœur antique de reprendre :

— Pleure, Maureen ! Allez, au travail ! Il y a encore beaucoup de pleurs à verser ! Oui, pleure encore, Maureen Dunmore !

Des ébats conjugaux, hoqueteux pour Ian, résignés pour Maureen, vint d'abord Laura ! La mère inonda cette petite fille rousse et rose de tout l'amour dont le mari n'avait que faire. Pour cette enfant, elle retrouvait les vieilles ballades irlandaises de sa jeunesse, alors qu'elle-même était une fillette heureuse.

Pour Laura, elle cousait, tricotait, fricotait, le sourire aux lèvres, le cœur en liesse. La petite était l'une des enfants les plus choyées de tout Morlieux, qui regardait avec attendrissement la mère allant faire ses courses en tenant la fillette par la main.

À huit ans, Laura promenait de longues tresses rousses et de grands yeux couleur de ciel d'été. Maintenant qu'elle fréquentait l'école, son plus grand bonheur était de montrer à sa mère son cahier d'exercices avec une page ornée d'un ange ou d'une étoile, témoins du bon travail accompli.

À l'instar de sa maman, la petite Dunmore était née avec une soif inextinguible d'affection. Elle reportait sur sa mère tout l'amour qu'elle aurait bien voulu donner à son père si seulement il n'avait pas été presque continuellement ivre.

Conçu par une rare nuit de sobriété, le deuxième enfant des Dunmore n'allait pas moins être victime des péchés de son père.

Un soir de brume, il voulut à tout prix faire son apparition dans le monde. Il en prévint sa mère par un élancement qui la plia en deux et l'obligea à s'étendre en se tenant le ventre à deux mains comme pour en retenir le fruit. Une seconde douleur, plus vive que la première, provoqua un nouveau gémissement. La plainte accrocha le cadre de la porte et fila le long du mur jusqu'à la chambre de Laura.

— Va chercher Bérangère, veux-tu?

Dès le moment où une Laura échevelée toqua à sa porte, la sage-femme hocha la tête. Cet enfant-là venait beaucoup trop vite!

— Où est ton père?

— Au Ressac, je crois. Je vais le chercher?

— Non. Il est bien là où il est. Viens, on va s'occuper de ta mère!

Sous les couvertures, le ventre de Maureen était à peine gonflé. Tout le temps qu'elle travailla, Bérangère grommela: « C'est mauvais signe, ça, c'est mauvais signe, on peut pas dire autrement… Je gagerais n'importe quoi que le cordon… »

— Petite, apporte-moi une serviette.

Entre les cuisses de l'accouchée, un filet d'eau sale, visqueuse, puis un petit pied bleu…

— Maman va mourir?

— Mais non, qu'est-ce tu vas chercher là? On va te la garder, ta maman, tu vas voir ça. Demain, tu vas pouvoir l'embrasser. Mais maintenant, j'ai plus besoin de toi. Va dormir.

Elle est restée. Dans un coin, un peu en retrait pour ne pas nuire à Bérangère. La petite silhouette immobile faisait ombre et lumière sur

mon mur. L'amour de cette petite fille pour sa mère, c'est comme du
bleu dans mes souvenirs…

Après de longues heures de travail, la mère exténuée a expulsé
un petit paquet tout noir qui ressemblait à un enfant pourri.
Bérangère est repartie chez elle, promettant de revenir dans
l'après-midi.

De retour dans la maison biscornue, ce fut à Mouffette, la chatte,
que la rebouteuse raconta sa frustration :

— Il devait être mort depuis longtemps. C'est pour ça qu'elle
était pas grosse. Pourquoi me regardes-tu comme ça ? Tu crois que
je n'aurais pas voulu le sauver, ce petit ? Je l'ai même ondoyé. Ah,
misère de nous autres ! Oui, oui, je sais, tu veux sortir. Eh ben va !
Allez, à r'vi !

Quand la terre s'est refermée sur la petite boîte blanche sur-
montée d'une croix, la raison de Maureen a flanché. On a retrouvé
son corps, flottant dans les eaux du lac Grave.

Turbulences

L A MÊME COMÈTE qui avait présidé au naufrage du *Seaspray* est revenue. Ce devait être vers la fin des années… Qu'importe! Il n'est point besoin de compter à rebours!

Dans le ciel sombre qui surplombait le village, une traînée blafarde tranchait, projetant une étrange lueur sur ce petit point de terre perdu au bord d'une mer tourbillonnante. L'air était doux, un peu humide. Une odeur d'herbe tendre montait du sol, annonciatrice du printemps.

La comète émit un signal mystérieux, un long rayon descendit, plongea dans la mer et heurta le haut-fond. Le choc provoqua une mince fissure dans laquelle l'eau se précipita avec un grondement. La rive frémit à son tour et toutes les maisons de Morlieux furent secouées.

À vrai dire, il était douteux que l'on puisse donner au phénomène le nom de séisme. En fait, il s'agissait d'un tremblotement plus que d'un tremblement, et la secousse fêla à peine un barreau de l'échelle de Richter.

L'événement eut toutefois des répercussions sur presque tous les habitants de ce coin de terre abandonné des dieux. Un vent de folie souffla sur les maisons, autant que sur la population. Un peu plus et l'idiot du village aurait passé pour un sage, ma foi!

Chaque habitation a une version personnelle que j'ai soigneusement recueillie et dont je vous fais part.

Voici donc l'histoire, telle que je l'ai perçue jusque dans mes assises.

❧

Tout en haut du phare, Ian Dunmore regardait sa fille Laura, fort affairée à nettoyer les vitres de la rotonde. La lanterne jetait un reflet sur la chevelure rouge feu du père et sur celle, plus pâle, de sa fille. La fillette cessa un moment de frotter, observa le ciel, puis pointa son doigt et dit, excitée :

— Regarde, papa ! C'est la comète. Mademoiselle Beaupré nous en a parlé, hier.

L'homme répliqua, la voix pâteuse :

— *Good Lord*, elle a rien d'autre à vous montrer, la maîtresse d'école ? Une comète ! C'est bien des histoires de bonnes femmes, ça. Bon, dépêche-toi de finir. Le brouillard va se lever. Moi j'y vais.

Sans répliquer, la fillette continua son travail. Il fallait que les vitres soient bien propres pour refléter, loin sur la mer, un langage compris par les marins. Tout en polissant le verre, la petite fille pensait, contente, que le lendemain elle pourrait proclamer devant toute la classe qu'elle avait vu la comète.

Ian Dunmore n'avait que faire de la présence lumineuse qui réjouissait sa fille. Pour lui, la journée se terminerait, comme toutes les autres, en buvant jusqu'à plus soif. Déjà, il avait consommé plusieurs verres pris à même sa réserve personnelle.

L'homme parvint à la base du phare et ouvrit la porte. Il était trop tôt pour se rendre à la taverne. Personne n'entrait au Ressac avant dix-neuf heures précises. Il décida d'aller au bord de la falaise.

La courte distance franchie, Ian s'assit sur une pierre et se laissa aller à une rêverie éthylique. La lueur rouge de la bouée dansait sur les vagues. Plus bas, la mer agitée chantait un air familier en venant se fracasser sur les rochers. Soudain, la musique s'amplifia. Une vibration parcourut tout son corps et il eut l'impression que la terre s'ouvrait sous ses pieds. « Qu'est-ce qui m'arrive ? Je n'ai pas bu tant que ça, pourtant ! »

❧

Poursuivie par monsieur Pouf, Mouffette fila sous la table. Au passage, elle frôla la jambe de Bérangère Vivier et faillit la faire tomber. « Ça suffit comme ça ! Non, mais, qu'est-ce qui vous prend, vous deux ? »

L'exclamation avait immobilisé les félins. Calmé, monsieur Pouf s'assit sur son derrière et leva vers sa maîtresse un regard aux reflets jaunes. Les oreilles de Mouffette pointèrent sous le pan de la nappe. La chatte était assise, la queue enroulée autour des pattes de devant, les yeux insondables.

« Allez, ouste, dehors ! » dit Bérangère en ouvrant toute grande la porte. Les chats filèrent sans demander leur reste. Songeuse, la femme retourna à ses casseroles d'où montait une odeur de thym sauvage. Depuis trois jours, les animaux refusaient toute nourriture et couraient sans but dans toute la maison, manifestement nerveux. La patience de leur maîtresse s'effilochait. « Mais qu'est-ce qui peut bien les exciter à ce point ? »

D'habitude, monsieur Pouf, un gros matou plutôt paresseux, passait des heures à dormir près du feu. Quant à Mouffette, ainsi nommée à cause de son pelage noir tacheté de blanc, jamais auparavant elle n'avait été aussi remuante. La veille, elle avait grimpé dans les rideaux de la cuisine, toutes griffes dehors. En voulant la prendre, sa maîtresse avait récolté une longue balafre sur l'avant-bras.

Bérangère huma avec délices le contenu de la casserole. Du dehors, un faible son lui parvint, porté par le vent doux. Étrange musique qui semblait s'infiltrer par les interstices de la maison. Soudainement, le plancher se mit à vibrer sous les pieds de la femme. Surprise, elle échappa le couvercle qui tomba par terre avec un bruit métallique. Ensuite, le silence. Puis, une autre vibration. Et encore une.

« Ah ça, par exemple ! La comète se fâche et fait trembler la terre ! Mon Dieu, pourvu qu'il ne soit rien arrivé de grave au village ! »

❧

Au cœur de Morlieux, rue Marinier, Amanda et Fernand Painchaud étaient attablés devant un repas composé de bœuf salé et de pommes de terre bouillies. Tous deux obèses, le boulanger et sa femme se ressemblaient, tant par leurs traits fondus dans la graisse et qu'on distinguait à peine, que par leurs gestes mous. Ils avaient la même façon de mastiquer longtemps les aliments, comme pour bien goûter tout ce qu'ils avalaient ; ils travaillaient avec les mêmes mouvements lents, à pétrir ou rouler la pâte.

L'homme attira à lui un pot de moutarde forte, y trempa son couteau et enduisit sa viande d'une épaisse couche odoriférante. Il aimait les plats épicés et fabriquait lui-même sa moutarde, à grand renfort de vinaigre et de poivre qu'il mêlait aux graines jaunâtres.

— Pas trop, Fernand ! Tu vas encore avoir des brûlements d'estomac.

Le visage rougi par le fumet qui s'élevait de son assiette, le gros homme ne répondit pas. Il s'essuya la bouche du revers de sa manche, se leva lourdement de table et se dirigea vers le fournil.

— Tu vas pétrir maintenant ? s'étonna Amanda.

Cette fois l'homme daigna répondre :

— Faut bien. Ça fait deux jours que j'ai pas fait de pain. Il y en a qui commencent à se plaindre. Ils parlent même de s'approvisionner à Laridée.

— Je voudrais bien voir ça ! Je vais leur parler, moi, à ceux qui sont pas contents. Ton pain est bon, Fernand.

— Quand la pâte lève, oui !

— Je me demande si le levain serait pas éventé… Parce que quand même, il doit bien y avoir une explication, non ?

Au même instant, la maison se mit à trembler. Tant et si bien qu'une poêle à frire, suspendue à un crochet, tomba sur le carrelage, ratant de peu le pied d'Amanda. De la pièce du fond, qui servait de fournil, un lourd sac de farine bascula, s'éventrant et répandant une fine poussière blanche sur le plancher.

— !%@$)*$!!

— Fernand !

Avant que le boulanger ait pu répondre, une nouvelle secousse se fit sentir. Alors l'homme, solennel, pointa un doigt accusateur vers la pâtissière :

— T'es contente, là ? Tu le sais, maintenant, pourquoi la pâte voulait pas lever !

❦

Dans le secteur du Rampant vivait une vieillarde. Si vieille que personne, pas même elle, n'aurait pu dire quel âge elle avait. Benoîte, qu'on appelait parfois « la-folle-à-Pitre », était la grand-mère de Vianney, réputé simple d'esprit et connu par tout le village sous l'appellation de Douleur.

Le père de l'enfant avait péri en mer avant sa naissance. La future mère, prostrée par cette perte, préféra mourir à son tour après avoir mis au monde un fils au corps torturé, à l'esprit lent.

La grand-mère avait hérité de cet être qu'elle élevait du mieux qu'elle pouvait avec l'assistance du village tout entier.

Douleur, c'était la bonne action de Morlieux. Les galettes de pommes de terre fournissaient bonne conscience au donateur du moment, la poule quasi ossifiée et que l'on prétendait sacrifier comptait pour une indulgence plénière, le tabac à pipe glissé à la vieille en cachette permettait d'éviter une malédiction. Du moins l'espérait-on.

Benoîte acceptait tous les dons avec un hochement de tête en guise de remerciement. En contrepartie, on venait la consulter pour connaître le temps qu'il ferait. Primordial, le temps ! Les prédictions de la folle-à-Pitre réglementaient la pêche, principal moyen de subsistance et activité dont vivaient beaucoup de Morlieusards.

Au retour de la journée en mer, on mandatait un émissaire qui se rendait chez la vieille. Benoîte se concentrait, humait l'air, tendait les mains devant elle et prononçait un premier verdict : on pourrait prendre le large le lendemain, ou encore, il valait mieux ne pas quitter le rivage.

Le second verdict concernait directement le messager du jour. Elle annonçait décès et naissances avant même que l'on se sente malade ou que la mère concernée soupçonne une grossesse.

On recherchait et craignait à la fois ces annonces qui prenaient parfois la forme d'une menace. Mais ceux qui avaient passé outre aux avertissements de la folle-à-Pitre s'en étaient invariablement repentis; il n'était, pour s'en convaincre, que de se rappeler le propre fils de Benoîte, sorti en mer par défi et qui y avait laissé sa carcasse.

Elle aurait rendu des points à une météorologue, la vieille! Elle connaissait les orages à venir, sentait la pluie tendre ou violente qui tomberait dans la vallée, humait le nordet qui gonflerait la mer.

Le jour où la terre a tremblé, elle était assise dans sa berçante, tirant de grandes bouffées de la pipe qui ne la quittait que la nuit. Elle ressentit plus qu'elle n'entendit le grondement qui accompagna le séisme. Sous l'armoire, des tasses suspendues à des crochets se balancèrent.

Une lueur malicieuse perça l'œil de Benoîte. « Tiens, tiens, v'là que la terre gronde. Si seulement ça pouvait réveiller un peu mon pauvre innocent! On aura beau dire que je suis folle, n'empêche qu'autrefois, c'était un signe de changement... »

L'habitation commentait:

Ça sentait la pipe dans toute la maison! Quand elle sortait, ses rares cheveux gris partant dans toutes les directions, les enfants se sauvaient en criant de peur. Alors la vieille pensait à cet autrefois qu'elle se rappelait sous de riantes couleurs.

Autrefois! Quand le passé est perçu avec nostalgie, c'est que le présent n'apporte plus ce que l'on espère. Benoîte Pitre, la folle de Morlieux, était décidément bien vieille.

☙

Au presbytère, le curé Gallant grimaçait en avalant la dernière bouchée: il avait le poisson en horreur! Fils de paysan, il gardait en bouche la saveur du poulet dominical ou du boudin que sa mère fabriquait quand on saignait le cochon.

En lui confiant la cure de Morlieux, monseigneur avait fait remarquer:

– Je vous trouve bien gras, pour un curé de campagne. À Morlieux, il faudra faire pénitence, monsieur Gallant. Une fois par mois, vous irez vous confesser au chanoine Lacasse, le curé de Laridée. C'est un très saint homme qui me répond directement de ses fautes, toujours vénielles, par ailleurs. Je vous engage vivement à prendre exemple sur lui.

L'ascétisme du curé Gallant n'avait pourtant rien à voir avec la recommandation de monseigneur. S'il avait maigri avec les années, c'était faute de pouvoir rassasier son grand corps. La collecte du dimanche était toujours mince, car ses ouailles connaissaient la valeur de l'argent péniblement gagné. Comme le disait si bien le presbytère :

On estimait que c'était l'affaire de l'Évêché que de nourrir son curé. Or l'Évêché, en l'occurrence, n'avait que faire des affres stomacales de monsieur Gallant.

N'eût été de la piété de certaines paroissiennes, le curé serait sans doute mort de faim.

Mais s'il ne pouvait plus confesser le péché de gourmandise, il y avait autre chose de bien plus grave dans la vie du prêtre. Sans aucun plaisir, il se disait que justement, le moment était venu de prendre le sentier pour sa visite mensuelle à Laridée. Oserait-il s'enferrer dans son péché d'omission en n'avouant pas sa faute ?

Il n'avait pas encore pris de décision quand son bréviaire, qu'il avait posé en équilibre sur le coin de la table, fut pris d'une secousse subite qui le fit tomber par terre.

Pendant que la chaise branlait sous les fesses maigres du curé, il eut, pour réaction, une phrase qui traduisait bien son inquiétude du moment :

– Sainte Mère de Dieu, protégez-la !

Gisèle Caya, la ménagère, entrait au même moment dans la pièce pour desservir. C'était une forte commère, choisie personnellement par monseigneur et placée au presbytère exprès pour éprouver la patience d'Edmond Gallant. L'étrange prière du curé la fit se signer dévotement.

❦

À son habitude, Douleur se promenait dans la vallée. Il marchait, nez en l'air, humant l'odeur d'herbe mouillée quand le phénomène se produisit.

La terre se sépara. Il lui sembla que de la fissure sortait une évanescence lumineuse dont la clarté allait se perdre au-dessus du lac Grave tandis qu'un tintement se faisait entendre. L'innocent prit peur et s'enfuit, poussant des cris inarticulés.

Il lui faudrait quelques jours pour se décider à raconter ce qu'il avait vu.

Le Ressac

I L PLEUVAIT. De grosses gouttes rageuses giflaient les murs. Après une nuit balayée par un vent hargneux, la mer s'époumonait de colère. De fortes vagues, plus hautes que la souvenance des vieux, prenaient naissance quelque part au large. Elles s'avançaient, vengeresses, vers la côte, se déchirant au passage sur les récifs de l'île Maudite. Loin de ralentir leur furie, l'obstacle des rochers aigus semblait augmenter leur rage.

Les lames jouaient à devenir aussi hautes que des cathédrales pour s'écrouler ensuite, l'une sur l'autre, participant à un étrange match aquatique où aucun vainqueur ne serait proclamé.

Les nuages en folie rejoignaient une mer noire. Le vent sifflait, aigu, et donnait aux vagues énormes un allant de violence destructrice.

Bien enroulé dans le sombre coton des nuages, le jour refusait de se lever. L'aube pointa, si noire qu'il fallait regarder la pendule pour s'assurer que ce n'était plus la nuit.

Deux jours durant, le vent et l'eau conjuguèrent leurs efforts pour empêcher les pêcheurs de prendre le large.

– Encore pire que pour le *Seaspray*, disait Benoîte.

Mais personne ne l'entendait.

– C'est une punition pour nos péchés, répétait le curé.

Et, quoique convaincue d'être sans tache, la mère Caya se signait chaque fois, comme une automate.

On sortait peu ou pas, blottis dans les maisons que l'on sur-chauffait.

Au mitan du deuxième jour, la pluie lavait les murs, lan-çant l'eau par paquets contre les vitres, renforçant l'angoisse de chacun.

Le jeudi, le bateau ravitailleur ne montra pas sa coque, malgré l'accalmie. Il pleuvait toujours et les pêcheurs durent radouber leurs bateaux sous la bruine insidieuse qui détrempait leurs mouvements.

La nuit venue, plus rien ne paraissait de la fureur des éléments.

On reprit ses habitudes.

ↄ

Tous les soirs après la soupe, les hommes sortaient, laissant l'épouse et les filles ranger, laver, nettoyer. C'était comme ça depuis toujours et il n'y avait rien à redire.

Sur le coup de sept heures, le cortège d'hommes s'ébranlait en une étrange procession pour se rendre à la taverne qui faisait face au quai.

L'établissement n'était pas plus accueillant qu'il ne le fallait. Les rares commis voyageurs qui s'y arrêtaient en repartaient le plus rapi-dement qu'ils pouvaient, toujours étonnés de l'accueil bougon, pour ne pas dire carrément impoli, de Josaphat Baril.

C'est que l'homme avait pour l'alcool une affection nettement exagérée. Le moindre verre servi aux clients lui semblait une priva-tion : c'était ça de moins qu'il pourrait boire! Son épouse Adeline, ou plutôt Deline, comme on l'appelait par besoin de raccourci, fai-sait les frais d'une pareille philosophie : Josaphat la battait comme plâtre et lui faisait payer chaque soir l'alcool vendu et dont, partant, il était privé.

Tous les soirs, le même cérémonial présidait à la fermeture. Les clients sortaient de la taverne en enfilade, chacun retournant chez soi. Ils n'avaient pas fait trois pas que les coups commençaient à pleuvoir et Deline à crier. Mais à Morlieux, il ne faisait pas bon s'intéresser aux histoires d'autrui, aussi la population mâle quittait-elle les lieux accompagnée par les hurlements. On laissait Deline à son triste sort.

Elle en aurait moins souffert si un geste d'affection avait, à l'occasion, tempéré les raclées. Battue par son père d'abord, par son frère ensuite, elle aurait apprécié que son mari lui tînt parfois langage plus doux. Et que cela ne fût jamais la révoltait.

Combien de fois n'avons-nous pas vu Deline Baril sortir par la porte arrière de la taverne et se diriger, en pleurant, vers la plage?

Cent fois, elle s'est appuyée au roc qui abrite les cavernes, en jurant : « Je partirai ! Ah, mais, j'endurerai pas plus longtemps ! » Cent fois, elle a renoncé, le rouge au front, en songeant à la mise en garde de sa mère : « Je te l'avais bien dit ! Les hommes, ma fille, c'est du pareil au même. Tu verras ! Crois-moi, tu t'en lasseras vite ! » Elle entendait déjà les commentaires narquois des habitants de Laridée : « La Deline est revenue ! Pas besoin de chercher pourquoi… » Elle a donc continué d'habiter avec cet homme qui, elle en était convaincue, ne l'avait jamais aimée.

À l'époque déjà lointaine des fréquentations, Josaphat avait promis : « Après la noce, je vais acheter un cheval. » Et encore : « On demandera à Jules de nous fabriquer une commode pour le butin de corps. » Adeline riait, contente des projets de son promis.

Mais ce que la fiancée avait pris pour de l'amour n'était au fond qu'une question de gros sous, les parents d'Adeline ayant du bien. Le mariage célébré, un Josaphat triomphant avait rangé, bien content, la dot de sa femme dans un coffret de métal, sans en soustraire un sou.

Vint le jour où la femme, encore jeune mais usée par les coups, dut s'aliter. Josaphat, qui répugnait autant à se séparer de son argent que de son alcool, tarda à demander le docteur. Lorsqu'il s'y décida, il était trop tard. Adeline Baril mourut de tuberculose. Ou plutôt de consomption, comme on disait alors. Du moins était-ce là le diagnostic du vieux docteur Larmor. Mais nous, les maisons, nous savions bien qu'elle était morte de mésamour !

Josaphat s'est retrouvé tout seul avec un fils de douze ans, Émilien. C'était un gamin sérieux, à la parole avare, au rire absent, au sourire parcimonieux. Sa mère lui avait légué une capacité de perception à la limite de l'extrasensoriel, mais il tenait de son père une opiniâtreté telle qu'on la confondait aisément avec de la dureté.

Émilien n'a pas pleuré en voyant le cercueil de sa mère descendre dans le trou. Il s'est laissé embrasser par les commères du village, taper sur l'épaule par les hommes et est reparti pour la taverne, aux côtés de son père, sans dire mot.

Le gamin silencieux et le père assoiffé ont repris leur vie, comme s'il n'y avait jamais eu de présence féminine dans la maison. Josaphat n'évoquait jamais la défunte, Émilien ne posait pas de questions.

L'enfant grandit dans les relents d'un alcool qu'il se mit à détester, presque autant qu'il haïssait son père. Cependant le tavernier n'avait conscience de la présence de son fils que lorsque ce dernier déposait devant lui une assiettée de soupe préparée par une des dames compatissantes du village et un bout de pain que l'enfant allait lui-même chercher chez Fernand Painchaud.

Après la classe, Émilien revenait directement à la taverne, lavait les quelques verres utilisés la veille, balayait le plancher de la salle et montait ensuite dans le cagibi qui lui tenait lieu de chambre. C'est là et là seulement qu'il se laissait aller au découragement. « Je voudrais qu'il meure », disait-il en s'adressant au mur derrière son lit.

Cette prière, souvent redite, n'était pourtant pas sacrilège puisqu'elle s'adressait à un objet inanimé. Faute de destination divine à qui les faire parvenir, les mots allaient se réfugier entre les planches qui frissonnaient, tant la ferveur de l'enfant était tangible.

Jamais, pendant les années qui suivirent, il n'oublia son vœu de petit garçon. S'il ne le répétait plus à haute voix, le souhait macabre de son enfance n'en demeurait pas moins vivant. Mais les murs n'agissent jamais à la légère, c'est bien connu! Celui de la chambre a mis huit longues années à exaucer le souhait du fils en chuchotant une idée folle au père.

Un certain soir de février, alors qu'un froid intense avait pris le village en otage, Josaphat montait pesamment vers sa chambre. D'où lui vint le désir soudain de sortir malgré la froidure? C'est ce que personne ne s'expliqua jamais! En passant devant le réduit de son fils, l'ivrogne se sentit étourdi. « Va donc prendre l'air! »

Sur un coup de tête, le tavernier décida d'obéir à la voix. Il redescendit en oscillant, chaussa les bottes fourrées laissées en permanence près du poêle, enfila un chaud manteau et sortit, tête nue dans l'air glacial.

Quoique le froid lui ait rendu un peu de sa lucidité, il ne vit pas l'ombre qui le suivait, tandis qu'il orientait machinalement ses pas vers la maisonnette de son ami Dunmore. Il n'y arriva jamais. Une mauvaise chute, causée par son état d'ébriété, le coucha dans une rigole.

Presque tout de suite, l'ombre se pencha, regarda un long moment l'homme prostré et disparut dans la nuit glacée.

Le lendemain, Josaphat fut retrouvé mort gelé.

Une délégation composée de la femme du maire et de celle du docteur vint annoncer la nouvelle à Émilien. Le jeune homme ne put dissimuler un plissement des lèvres qui ne ressemblait pas du tout à du chagrin.

— On aurait dit qu'il souriait, ma parole !

Nicole Larmor n'en revenait pas de l'ingratitude de celui qu'elle considérait comme un gamin et qui avait refusé son aide.

Plus indulgente, la notairesse avait tenté de calmer sa compagne :

— C'est probablement les nerfs !

∽

« Tu devrais vendre, a dit le notaire Degrandmaison à Émilien, le soir des funérailles. Laisse-moi un peu de temps et je te trouverai quelqu'un qui t'en donnera un bon prix. »

Avec l'entêtement de ses vingt ans, l'Émilien a secoué la tête et est reparti vers *Le Ressac*. Sans même laisser le temps au notaire de faire valoir les avantages d'une vente qui apporterait des sous au jeune homme et une commission au tabellion.

Le soir même, le jeune Baril rouvrait la taverne.

∽

On s'y rendit, qui par curiosité, qui par déférence envers le garçon car, selon l'opinion du village tout entier, ce dernier se montrait bien courageux dans l'épreuve qui le frappait.

Ceux qui espéraient voir des changements furent déçus. Émilien garda les mêmes tables bancales, les mêmes chaises au dossier bas et étroit. Même mobilier, même visage renfermé de l'aubergiste. Par contre, le fils demeurait sobre en tout temps. À peine trempait-il à l'occasion les lèvres dans un verre d'eau, pris à même une carafe posée sur le comptoir.

Ce fut d'une main étonnamment ferme qu'Émilien prit le contrôle de la destinée des assoiffés du village. Désormais, à Morlieux, on ne pouvait consommer de l'alcool qu'entre sept et dix heures du soir. Cette règle ne souffrait aucune exception et si l'établissement était ouvert le dimanche après la grand-messe, on n'y servait aucune boisson alcoolisée. Un tonneau d'eau de source était cependant mis à la disposition de chacun, le jour du Seigneur. La présence des femmes qui, sous l'égide du père, avait été tolérée à la taverne, devint interdite sous la direction du fils.

Du coup, Émilien mérita l'estime du curé qui n'avait pas besoin des secrets de la confession pour savoir le danger engendré par la présence des femmes. Son jeûne perpétuel le rendant acerbe, l'élément mâle de Morlieux ne trouvait pas plus d'indulgence auprès de son pasteur. Le curé prêtait aux hommes tous les défauts de la terre et les leur reprochait du haut de la chaire, chaque dimanche. Aussi le jeune tavernier reçut-il des félicitations qui l'étonnèrent d'autant plus qu'elles lui paraissaient imméritées.

Non pas que sa conviction intime ait été ébranlée par le discours dominical. Mais il n'avait proclamé aucun règlement. Il s'était contenté de les édicter pour ensuite les appliquer avec un visage fermé à tout argument, un air qui ne souffrait aucune réplique.

À sept heures très précises, il tournait la clé dans la serrure, déverrouillait et laissait passer les buveurs. Quand sonnait l'heure de la fermeture, il se levait, se rendait vers la porte qu'il ouvrait toute grande les soirs d'été, et qu'il entrebâillait pendant les grands froids.

« C'est l'heure! », annonçait-il fermement aux clients qui avaient l'audace de ne pas se lever.

Quant aux femmes, il aurait fallu voir le visage en coup de poing d'Émilien, un jour où Gabrielle Larmor était venue chercher son père pour un malade! La Gaby, qui n'avait pourtant pas l'habitude de mâcher ses mots, était restée muette devant la lueur méchante dans les yeux du tavernier.

Ce fut d'ailleurs le seul incident du genre et par la suite, les hommes sont restés entre eux. La taverne est devenue l'endroit où on se retrouvait après une journée de pêche, bonne ou mauvaise. En ces temps modernes, il existait bien, au village-d'en-haut, quelques bars. Mais *Le Ressac* demeurait le choix des habitants du Rampant, ou, si on préfère, du village-d'en-bas.

La vétusté de l'endroit ne le cédait qu'à l'âge avancé des clients. C'était les anciens que l'on retrouvait là. Ceux dont les familles habitaient le Rampant depuis toujours.

Lieu de rencontre pour les séances du conseil municipal, on fraternisait ou on se chamaillait allègrement. Hors de la présence contraignante des épouses, on retrouvait une âme d'enfant.

❧

Un soir où la pluie fine faisait un essai de tempête, Fernand Painchaud avait lancé, sur le ton de quelqu'un qui connaît son affaire :

– Ça va faire cinquante ans aujourd'hui que le *Seaspray* a fait naufrage.

Trop content de l'occasion, Gérald McPherson, qui n'avait jamais pu souffrir le boulanger, avait immédiatement rectifié :

– Cinquante et un ans!

Avec le grésil, personne n'était allé en mer ce jour-là et la conversation stagnait. Aussi se jeta-t-on avec délices sur le morceau de choix offert par les adversaires. Quoi de mieux qu'une bonne querelle pour se fouetter les sangs?

Que la plupart des clients ne se rappellent pas la date exacte du naufrage n'avait aucune importance à leurs yeux. La discussion s'était engagée, âpre, entre les partisans du maître de poste et ceux du boulanger. De part et d'autre, les remarques pointues fusaient.

Le jeune aubergiste écoutait les répliques d'un air amusé, en s'émerveillant de la sottise de ses concitoyens. Tant d'énergie investie dans une discussion futile le ravissait.

Émilien aurait été bien étonné si on lui avait dit que les protagonistes n'avaient aucunement le désir de vider une querelle qui — du moins l'espéraient-ils — durerait bien autant qu'eux. Et, quoique tous les clients en connaissent l'origine, il aurait été de très mauvais goût de faire allusion aux véritables dessous de la dissension.

Dans le temps, Gérald et Fernand avaient tous deux fréquenté Amanda Sirois, la plus belle fille du village. Cette dernière se laissait courtiser sans jamais marquer de préférence entre ses soupirants, jusqu'à ce que les parents, honteux de ce manquement flagrant aux usages, la somment de choisir. C'est ainsi que mademoiselle Sirois troqua son nom pour celui de madame Painchaud.

Que la jeune fille gracile et souriante d'autrefois soit devenue obèse et fielleuse n'altérait en rien le triomphe de Fernand dans la lutte galante. Pas plus que la graisse d'Amanda n'était un baume sur la blessure d'orgueil du postier.

Les fâcheries n'étaient pas rares, en ces temps-là. On les savourait à leur juste valeur, venant briser la monotonie de l'ordinaire. Mais elles étaient le plus souvent embouvetées sur des histoires de pêche, aussi, celle qui opposait Fernand Painchaud et Gérald McPherson nous intéressait-elle d'autant plus que nous la savions sans issue. Et puis, c'était la passion qui les jetait l'un contre l'autre, toutes dents dehors.

Comme d'habitude, la discussion s'était terminée par le tintement des clés indiquant que l'heure était venue de regagner son domicile. C'est ainsi que bon an mal an, on rejoignait une épouse souvent ronchonnante, mais accueillant le mâle dans son lit, comme le devoir le commandait.

Le curé Gallant était intraitable sur le sujet : femme qui se refusait à son homme était damnée, l'homme fut-il ivre ou puant comme poisson chauffé au soleil.

Mais tout allait changer, par la faute de la comète, comme je l'ai dit.

಄

Je vous parle d'un soir de printemps. Il devait bien être neuf heures passées quand Douleur, l'innocent, a ouvert la porte du Ressac, encore essoufflé d'avoir longtemps couru.

La réunion du conseil municipal venait tout juste de se terminer. Le maire, qui souffrait d'une affection de la prostate, était allé déverser son trop-plein.

L'innocent a regardé les hommes qui étaient assis là à discuter des destinées du village. Ce qu'il avait à dire était autrement plus important que les histoires de barques et de filets de pêche, aussi a-t-il pris place avec assurance sur la chaise réservée au maire. C'était une chaise spéciale, dont le dossier, peint en blanc, tranchait sur le bois sombre des autres sièges de la taverne. Personne ne se serait permis de l'occuper et c'est pourquoi le geste de Douleur provoqua une stupeur sans nom.

L'innocent venait rarement à la taverne. Il se méfiait de ces hommes qui le taquinaient ou le rabrouaient sans merci. Sa présence d'abord, son audace ensuite, firent que pour une fois, on ne l'abîma pas de quolibets, comme c'était pourtant la façon de faire avec lui.

Ce soir-là, la surprise poussa quelques clients à commander une bière malgré l'heure tardive. Inquiet que l'incident ne vienne perturber la sacro-sainte fermeture, Émilien servit ce qu'on demandait non sans jeter un œil rébarbatif à Douleur.

Très vite, on fit cercle autour du jeune homme, curieux de connaître les raisons qui le poussaient à défier l'ordre établi en prenant place sur la chaise du maire. Seul Zénon Ménard, le Pépé, qui se tenait bien droit au bout du comptoir, resta le dos tourné, terminant sa bière comme si rien ne s'était passé.

Il y eut un silence de quelques minutes. Douleur dut s'y prendre à deux ou trois reprises avant de formuler ce qu'il avait à raconter. Puis il se lança dans un récit décousu.

— C'était proche du lac, commença-t-il hésitant. Au bord… je marchais au bord. J'aime ça… Le sable, il est, il est doux comme le petit minou à mamie. Des fois, je le flatte, le sable.

— Ce sable, c'est de la poussière de roche, dit le Pépé en se retournant. Et une plage de pierre, c'est aussi doux qu'un porc-épic.

On approuva de part et d'autre en laissant glisser un murmure dans lequel le mot « innocent » revint plusieurs fois. L'horloge sonna la demie de neuf heures. Douleur essuya la sueur qui coulait sur ses tempes. Pour la première fois, il osa un œil vers les autres clients.

— J'aime le sable du lac. La nuit, les étoiles brillent dessus, ça fait comme de l'or. C'est à moi, l'or. Mais des fois, le monde de la forêt vient danser avec moi et l'or s'en va.

— Un grain de sable dans la tête... murmura le curé, sans la moindre ironie.

— De la musique... il y en a beaucoup. Dans ma tête, je veux dire...

Douleur poursuivit son histoire en se laissant porter par l'attention qu'on lui prêtait.

— C'est arrivé pendant la nuit. Avec ma flûte, j'ai appelé la musique dans ma tête et elle est venue. Et puis il y a eu du bruit... comme j'ai jamais entendu, dit-il en fermant les yeux. Comme le sac de patates de mamie quand il tombe...

Quelques têtes se tournèrent vers le curé, d'autres fixaient leur bouteille de bière commandée quelques minutes plus tôt. Peut-être aurait-il mieux valu quitter les lieux ?

— C'est un oiseau qui est tombé dans le vallon. Et forcément, ça t'a bouleversé.

— Pas un oiseau ! hurla Douleur en se tournant vers le tavernier. C'est tombé juste en arrière de moi.

— Il a raison, fit le notaire à l'assistance. C'est l'intelligence qui lui est tombée sur la tête, vous n'avez pas remarqué ?

Douleur faillit se lever et s'enfuir, tandis qu'on riait gras autour de lui. Quelque chose pourtant l'en empêchait. Il fallait qu'il se fasse comprendre.

— Pas un oiseau, une ombre.

— Quoi ?

— Je marchais au bord... puis... y avait une ombre, là, derrière moi.

– Quelqu'un t'a suivi, a fait brusquement Dunmore, qui semblait sortir de sa torpeur.

– Ou bien il se cachait derrière un arbre, pour lui faire une blague, a ajouté son voisin.

Douleur a levé une main :

– Personne suit Douleur. Juste mamie, des fois.

– C'était quoi alors ?

– Je sais pas. Mais dans le ciel, j'ai vu… comme une barre verte avec du rose qui descendait jusqu'au lac.

– Un arc-en-ciel !

– Pas un arc-en-ciel, bon ! Après… y avait de la musique.

– Tu veux dire qu'un homme serait tombé de là-haut ? Et qu'en plus, il jouait de la musique ?

Douleur baissa la tête.

– Pas un homme… juste une ombre. Une affaire noire… Et puis la musique, elle était partout…

L'incrédulité suivit l'étonnement. Pour les villageois, les récits les plus extraordinaires venaient de cette mer souvent mystérieuse et à qui ils devaient la vie, mais parfois aussi la mort. À la limite, on pouvait croire un pêcheur quand il parlait d'épaulards meurtriers ou même de sirènes, mais une ombre venue du ciel ?

– Y' a rien au-dessus de nos têtes, fit le jeune Baril, conciliant. Juste les nuages qui nous déversent de la pluie et qui, de temps en temps, nous amènent un brouillard épais comme ça.

– Au-dessus de nos têtes, jeune homme, il y a Dieu !

Contrit, le tavernier fit amende honorable :

– Pardonnez-moi, monsieur le Curé. Je voulais dire qu'il n'y a pas d'ombre au-dessus de nos têtes.

– Moi j'ai vu ! cria Douleur avec force.

– Et qu'est-ce qui s'est passé après ?

L'autre haussa les épaules, mais sans quitter le curé des yeux.

– Je sais pas. J'avais peur. L'ombre est partie là-bas, vers le cimetière. Et la musique est partie avec.

Douleur termina son récit en désignant du doigt un espace invisible droit devant. Certains clients suivirent du regard, retenant leur respiration. Attacher de l'importance à ce genre de phénomène aurait été admettre une inquiétude. Aussi, chacun préféra plonger les yeux dans son verre, espérant noyer les quelques vagues souvenirs où leurs vieux tenaient aussi ce genre de discours. Et si, cette fois, c'était vrai?

Il n'y eut, pour couper ce silence embarrassé, que l'intervention de Ian Dunmore, qui tenait, lui, à donner une explication à ce phénomène.

— C'est Josaphat, je vous dis. *Good Lord*, ça fait combien de fois que je répète qu'il va revenir? Ben là, c'est fait!

— Arrête tes salades! a fait le docteur sur un ton impatient. Tu vois pas que tu joues le jeu de l'innocent? Ça fait longtemps qu'il est mort, Josaphat Baril! Rentre ça dans ta tête une fois pour toutes. Et si jamais on devait le revoir, ça serait en enfer, et pas ailleurs.

L'allusion au domicile *post-mortem* de son père ne troubla nullement Émilien. Imperturbable, il continua à rincer ses verres. Quant à Dunmore, il termina sa bière et quitta la taverne la tête haute, le corps chancelant.

Les autres clients partirent également, la plupart sans même terminer leur verre. Personne n'attachait vraiment d'importance à l'hypothèse de Dunmore. L'homme, c'était connu, gardait la nostalgie de ses beuveries d'enfant et de jeune homme qui pouvaient durer des nuits entières en compagnie de Josaphat.

Moins de cinq minutes plus tard, il ne restait plus que l'innocent et le jeune aubergiste. Ce dernier commençait à nettoyer les tables, indifférent à la présence de Douleur, toujours installé sur la chaise du maire. Poussé par une force intérieure, le garçon voulut raconter son histoire. Mais dès qu'il ouvrit la bouche, Émilien l'obligea à se taire.

— Tais-toi! Tu délires, pauvre idiot!

Le mot avait à peine quitté ses lèvres qu'il s'en voulut amèrement. Émilien Baril n'employait jamais ce genre de qualificatif pour désigner Vianney. Il retourna derrière son comptoir et sortit un linge propre d'un tiroir, avec lequel il se mit à essuyer les verres lavés quelques minutes plus tôt.

Le jeune homme finit par se lever pour se diriger vers la porte. Peut-être, après tout, s'était-il trompé. La nuit, parfois, lui révélait de bien étranges choses.

— Mais la couleur? demanda-t-il en guise de dernier argument. C'est pas une menterie, quand même. La lumière verte qui montait, montait… Et puis la musique aussi…

— Va-t'en, souffla le tavernier. Et si tu veux un bon conseil, ne regarde plus jamais en arrière quand tu entendras du bruit. Prends ta flûte et amuse-toi comme avant.

Douleur approuva doucement. Mais alors qu'il allait quitter les lieux, il voulut éclaircir un dernier point.

— Je l'ai dit à personne mais… c'est toi, hein, qui m'as parlé, dans la forêt?

Émilien eut un long soupir d'exaspération.

— Qu'importe, puisque c'est terminé maintenant…

— Ah, fit le jeune homme déçu. Je vais voir mamie, d'abord.

— C'est ça. Ta mamie pourrait s'inquiéter. Et l'heure de fermer est passée depuis longtemps.

Le jeune approuva tristement. Mais avant de partir, il se tourna une dernière fois.

— Tu me crois pas? demanda-t-il comme si l'incrédulité du tavernier était venue jusqu'à lui.

Surpris par la question, Émilien hésita avant de répondre. Mais il voyait bien dans les yeux du garçon que son opinion avait une valeur inestimable.

— Peut-être, Douleur.

Il s'arrêta, la gorge nouée. Dans le dos du garçon qui sortait, il ajouta d'une voix étouffée:

« Et puis… le nuage n'était pas vert, mais violet… avec de petites étoiles qui tourbillonnaient autour… »

Moi, mes souliers

QUAND FUT VENU le moment de travailler à l'étage de la maison du docteur, Jules Rivest était en joie. Car dans sa demeure à lui, un petit-fils venait de naître! Au bout des doigts du menuisier, les vibrations de bonheur sont venues s'imbriquer à tout jamais dans l'enchevêtrure. Grâce à ce phénomène, j'ai pu connaître le contenu du cahier où Gabrielle Larmor consignait ses émotions.

Depuis l'adolescence, elle écrivait souvent et longuement dans un carnet d'écolière qu'elle dissimulait ensuite sous une planche disjointe, derrière son lit.

Ah, jeunesse! Tout a commencé le jour de ses quinze ans, quand on a sonné à la porte. Elle a ouvert et s'est trouvée en face d'un jeune inconnu, habillé de jaune. Entièrement. Pantalon, chandail et foulard affichaient cette même nuance ensoleillée.

Jean-Joseph Claude, d'origine haïtienne, était là, un peu hésitant, balbutiant presque ce qui l'amenait. Myrtle, la peintre excentrique chez qui il habitait, venait tout juste d'avoir un malaise. Le docteur pouvait-il venir?

On s'était d'abord étonné ou offusqué, selon ce qu'il en était, quand Myrtle était débarquée du bateau en compagnie de ce grand jeune homme à la peau couleur de caramel. Comme dans tout village qui se respecte, Morlieux avait ses commères. Ces dames avaient donc clabaudé à cœur joie sur la présence insolite d'un homme « assez jeune pour être son fils, non, mais, quand même... »

À dire le vrai, personne ne détenait le commencement d'une explication et c'était bien là de nature à susciter les pires ragots. La ménagère du curé prit les devants, comme c'était son devoir.

– Vous allez pas laisser faire ça, monsieur le Curé. Un vrai scandale !

S'il y avait quelque chose que le curé détestait, c'était bien qu'on lui dicte comment il devait mener sa paroisse. Il choisit d'abord la mauvaise foi.

– Laisser faire quoi, ma chère Gisèle ? Ah, vous voulez parler de ce garçon ? Je n'ai pas qualité pour empêcher madame Taylor d'héberger qui elle veut.

– Un étranger ! Qui va virer la tête de plus d'une de nos filles, monsieur le Curé. Vous saurez me le dire.

– Attention ! Vous manquez de charité chrétienne. Et puis, ce jeune homme fréquente l'église, en bon catholique. Je suis bien certain que les jeunes filles du village garderont le cœur sage.

Le curé se trompait. Mais qui aurait pu penser que Gabrielle Larmor perdrait la tête ?

À compter du moment où elle vit Jean-Joseph dans l'encadrement de la porte, elle se sentit envahir par un grand soleil. Aussi grand que celui que Jean-Joseph portait en lui. Alors commença entre l'adolescente et le jeune homme une histoire d'amour fou qui n'allait durer, hélas, que le temps d'un espoir.

L'homme était beau, grand et fort, celle qui n'avait pas encore fini de grandir était éblouissante de jeunesse rose. Ils se souriaient furtivement, au hasard des rencontres, gênés tant l'un que l'autre par ce sentiment deviné mais non avoué.

Gabrielle rayonnait. Malheureusement pour elle, le docteur Larmor, qui s'y connaissait en passions, sut reconnaître sur le visage de sa fille les signes avant-coureurs du feu. Il fallait éteindre ce début d'incendie avant que les choses aillent trop loin...

Son intervention auprès de Myrtle fut décisive.

— Il n'est pas question que ma fille fréquente un importé, mulâtre de surcroît. Je pense que vous serez d'accord. Vous y tenez beaucoup, à votre… Au fait, qu'est-ce qu'il est pour vous, au juste ?

— Mais… rien de ce que vous semblez insinuer, en tout cas. Jean-Joseph est le fils d'une amie anglaise mariée à un Haïtien et qui demeure là-bas, à Port-au-Prince. J'ai accepté de le prendre en tutelle pour six mois. Il exécute de petits travaux ici, il fait mes courses et m'aide dans la maison. Et surtout, il me sert de modèle. J'ai déjà plusieurs études de lui et deux portraits très intéressants dont un commandé par sa mère. Pour le moment, il vit ici, mais quand il sera habitué à notre climat, il ira vivre à Montréal et achèvera ses études de droit.

— Bon. Si je ne me trompe, ça fait déjà un bon moment qu'il est là ?

— *My God*, oui ! Vous avez malheureusement raison. Il va être temps pour lui de partir. Nous prendrons le bateau d'ici un mois ou deux, je pense.

— Et si je vous demandais de hâter le départ ? Ça peut se faire ?

Ces cinq répliques avaient suffi à sceller le sort des amoureux, brisant l'élan de Gabrielle à jamais.

Le jeudi suivant, Myrtle et son protégé embarquaient à bord de *L'Étoile polaire*, le bateau qui faisait la navette entre Morlieux et Rimouski.

C'est la dernière fois que j'ai vu pleurer Gabrielle. Et la première entrée dans le cahier a été faite par une jeune fille à l'âme froide, durcie par une peine trop grande pour elle. À compter de ce moment, elle devint une étrange personne, aussi laconique que son père était volubile.

❧

Le jour du grand départ, le journal est resté coincé entre deux planches dans cette chambre toujours fermée à clé. Je suis la seule à connaître les secrets qui y sont renfermés, car j'ai respecté le désir de solitude de la belle cordonnière.

Même les jours de grand vent, je n'ai pas révélé ce que je savais.

Je ne serai bientôt plus qu'un tas de planches éparpillées. Et il ne restera plus, de Gabrielle, que le seul souvenir que j'ai d'elle et qui périra avec moi.

Extrait du journal de Gabrielle Larmor.

Qui l'eût cru? Mon frère, cet être amorphe, sans définition, sans ambition, a changé. Oh, juste un peu. Mais quelque chose, quelqu'un l'a pris tout entier, secoué, ressuscité. Et Daniel essaie de retrouver son apathie rassurante, mais il ne sera plus jamais tout à fait le même.

Peut-être la différence est-elle visible précisément à cause de cette mort qu'il traîne d'habitude en lui? Qui saurait le dire? Dans ce village qui domine la vallée d'un côté et descend de l'autre pour se perdre dans la mer, tout le monde est mort à divers degrés. Morlieux. Un nom prédestiné! Qui savait que les habitants verraient peu à peu leurs rêves se perdre jusqu'au jour où presque rien n'en subsisterait?

À l'origine, il y avait ici une prison. Sans barreaux. Ils étaient inutiles. Quiconque aurait tenté de s'évader aurait vite été broyé sur les brisants que l'on retrouve tout autour de la minuscule plage. Quant à s'enfoncer dans la forêt, c'était aller à une mort certaine.

À la fin du XIXᵉ siècle, la colonie pénitentiaire s'est réduite petit à petit. Il n'est bientôt resté qu'un gardien qui, allez savoir pourquoi, a décidé d'élire domicile ici. Ses descendants, les Ménard, y sont toujours.

Peu à peu, des pêcheurs sont venus y chercher leur subsistance et s'y sont installés. Il y a eu jusqu'à 800 habitants, paraît-il. Et, il y a un demi-siècle, le Seaspray a dégorgé son contenu d'humains au large. Ma famille en était. Mon grand-père, jeune médecin, a pris racine, épousé Jeanne Lussier dont il a eu un fils, Dieudonné. Mon père est devenu médecin à son tour et mon frère fait aussi ses études en médecine. Chez les Larmor, on est docteur de père en fils.

On ne sait pas pourquoi la population a diminué, ni pour quelle raison les gens sont partis. De l'autre côté de la pointe, on trouve encore des cabanes abandonnées, tristes témoins d'un passé plus vivant que le présent.

Peu à peu, les poissons sont devenus plus rares, les oiseaux nicheurs aussi. Aujourd'hui, on ne voit guère plus de hérons, les goélands passent au large sans s'arrêter, la marmette reste quelques semaines au printemps, puis s'en va. Même le refuge des macareux a commencé à se dégarnir. Si on veut voir la population ailée, il faut aller sur la petite plage, près de la baie aux Phoques. Là on trouve des oiseaux de rivage : bécasseaux, sternes et grands chevaliers font bon ménage. Le cap aux Outardes est vide d'oies sauvages et sur le Ventoux, tout au bout de la pointe Spencer, seule la bise siffle comme pour justifier le nom de cette élévation.

Chacun fait sa petite affaire, les années passent, toujours pareilles. Quand rien ne bouge, le moindre événement prend une ampleur démesurée. Alors comment s'étonner de la réaction de Douleur devant un phénomène aussi surprenant que cette ombre qu'il aurait vue, que ces sons qu'il aurait perçus ?

L'histoire de Douleur en remue des choses ! Chacun a sa version personnelle. Moi ? Pas encore. J'attends. J'observe. Un jour, quand je serai devenue vieille, je publierai peut-être ces mémoires. Mais pas tout de suite. Ce que j'écris dans mon journal est destiné à mes yeux seuls !

D'ailleurs, mon histoire personnelle n'a pas vraiment d'importance. Petite fille, je traînais toujours à la cordonnerie. Toutes ces peaux que Paul Lefèvre taillait d'un geste sûr, tous ces couteaux au tranchant affûté me fascinaient. Et quand, devenu veuf, notre cordonnier a décidé de retourner à la ville, j'ai voulu le remplacer malgré l'opposition de mes parents. Je ne l'ai jamais regretté. Derrière ma table de travail, je vois beaucoup de choses.

— Gabrielle, peux-tu ressemeler mes godasses ?

Je prends les souliers détrempés. Facile de deviner où leur propriétaire est allée rêver. Les coutures de la semelle laissent tomber de fins grains de sable qu'on ne retrouve que sur les abords du lac Grave. Elle a marché un peu dans l'eau, la Lison. Juste au bord, près du petit rocher noir. Attention ! Le lac est profond, si profond qu'il a déjà abrité des désespoirs. Maureen Dunmore s'y est jetée après la mort de son nouveau-né. Le vieux Paul Marinier, le pêcheur de crevettes, a traîné longtemps sur la berge avant d'y noyer son chagrin quand sa belle l'a quittée...

J'en vois tant et tant. Semelles crottées, tordues, brisées, usées ou mouillées, je répare tout.

Douleur marche sur la pointe des pieds, le Pépé a de gros souliers lacés aux talons marqués par la détermination. Les bottines des Rivest sentent le pin et le bouleau, les chaussures d'Amanda laissent une traînée enfarinée sur mon comptoir. Notre pâtissière ne sort pratiquement jamais de sa boutique sauf pour aller à la mercerie. Les dessous de souliers de Ian Dunmore, le gardien du phare, ont une barre d'usure, en plein milieu. C'est qu'il pose le pied d'innombrables fois, en gravissant les marches qui mènent en haut du phare. Est-ce parce qu'il est toujours dans les hauteurs qu'il ne porte pas sur terre ?

Par les petites pierres fines logées dans les boucles de ses escarpins, je sais que Myrtle, notre peintre, va porter sa mélancolie près de la pointe Spencer.

La maîtresse d'école va souvent rêver sur la falaise. Cette poussière blanche, qui colore les coutures de ses semelles, est sans doute le reflet d'une pureté que l'on vante dans le canton… Je n'aime pas Fleurette. Les gens parfaits m'horripilent !

Tous les ans, je taille des souliers neufs pour Émile Rochon, qui a un pied bot. Je choisis le meilleur cuir, je renforce les semelles, je prévois des empeignes souples. Mais si bien fait qu'il soit, son soulier gauche blesse notre maire. Autant que son pied difforme. Plus, peut-être. Et la blessure reflète bien l'homme. Car ce n'est pas seulement le pied qui manque de flexibilité. Il y a absence de souplesse chez l'homme également.

C'est en travaillant le cuir que j'apprends où chacun est allé. Presque toujours. En cirant les souliers de Daniel, j'ai su qu'il s'était rendu lui aussi dans la vallée. Y était-il en même temps que Douleur ? Peut-être. Sans doute, même. Oui, mon frère était là, il a vu quelque chose. Il peut bien baisser les paupières, je n'ai pas besoin de voir ses yeux.

Les souliers parlent, eux aussi.

La bâtarde de Morlieux

L E MONDE EST VASTE où se meuvent les pisse-vinaigre. Nous en avions notre part à Morlieux. Tenez, ce qui est arrivé à Fleurette Beaupré, par exemple. Rien que d'y penser, mes bardeaux se soulèvent d'indignation!

L'ennui avec le doux péché, c'est que l'on ne peut en dissimuler bien longtemps les conséquences… Fleurette, notre institutrice, allait en savoir quelque chose! Il faut préciser, à sa décharge, que la tentation se présenta à elle sous la forme d'un beau parleur. Qui lui promit mer et monde.

Si Fleurette avait pris le temps réfléchir, elle aurait compris que la mer qui était là, tout près, lui appartenait déjà et que son monde à elle ne serait jamais ailleurs qu'à Morlieux. Mais allez donc réfléchir quand un homme aux yeux couleur du temps et aux cheveux de soleil vous affirme que vous êtes la source à laquelle il s'abreuve, que la vie sans vous n'a plus rien d'attrayant! Fleurette en était incapable. Elle se laissa emporter par le flot de la joie. Et quand le froid vint, interdisant les ébats dans la grande caverne, le plancher de l'école servit de barque aux amants qui voguèrent sur un océan de rêve.

Quand elle sut que sa jolie faute aurait une suite, Fleurette se rendit à la baie aux Phoques, espérant y trouver son amoureux.

Chemin faisant, elle croisa son amie, Lison Ménard, qui courait, à
son habitude.

— Où tu vas ? avait fait Fleurette.

— Nulle part. Là-bas.

Et elle se remit à courir en direction de l'étang. Fleurette hocha
la tête. Elle comprenait. Entre ces deux-là, le courant de sympathie
n'avait pas besoin de paroles pour que se rejoignent les âmes.

L'institutrice reprit sa route d'un pas vif. Un peu essoufflée, elle
arriva à la baie qu'elle trouva déserte. La minuscule plage avait un
aspect rébarbatif : des rochers acérés émergeaient du sable ici et là
pour ensuite se répandre dans la mer.

On racontait que de nombreux navires avaient ouvert leurs
entrailles sur ces aiguilles de roc et déversé leur contenu dans
l'abysse. Il n'était besoin d'autre témoin que du *Seaspray*, dont les
vieux parlaient encore !

Quand Fleurette comprit que son séducteur ne tiendrait pas ses
promesses, sa joie sombra elle aussi dans cette eau tourmentée. Le
ciel changea de couleur et l'air du jour exhala une odeur d'orage. Il
ne restait plus qu'à faire face à la tempête.

ᘓ

Le grand vent se leva par un beau jeudi du mois d'avril. Les
hommes étaient partis à la pêche au capelan dès le jour levé, les
commères tenaient leur réunion hebdomadaire entre les bobines de
fil et les coupons de tissus vendus à la pièce par Clémence
Ladouceur. Car si la taverne du jeune Baril était le fief incontesté
des hommes du village, le magasin général était le château fort des
femmes. Le seul homme qui s'y risquait était le propriétaire, Aimé
Ladouceur. Encore ne le faisait-il que rarement en présence de ces
dames dont il craignait la langue, aussi aiguisée que les aiguilles à
coudre et à tricoter qui servaient de prétexte à leurs rencontres.

De toutes les habitations de Morlieux, les murs du magasin
général étaient sans aucun doute les mieux renseignés ! Et, à l'instar
de la mercière, ils adoraient les ragots ! Or, ce que les murs con-
fiaient au vent indiscret était vite répandu, pensez donc ! Aussi,

toutes les maisons du Rampant frémissaient les jours où les commères tenaient leur réunion.

On s'y racontait tout : fiançailles, fréquentations, grossesses et maladies. Il n'était pas un accouchement ou un décès que Clémence n'en soit la première informée, au grand dam de Nicole Larmor, la femme du docteur, qui estimait que le privilège de répandre les nouvelles de ce genre aurait dû lui revenir de droit.

On s'y réunissait chaque semaine, quel que soit le temps, et il fallait un bien grand événement pour justifier une absence. La réunion hebdomadaire allait déjà bon train quand Clémence sonna l'alerte. Gardienne farouche de la vertu des habitants du village, elle n'hésitait jamais à fustiger les pécheurs, encore moins les pécheresses.

Quand elle vit passer l'institutrice devant le magasin, elle eut un sourire vainqueur et sortit de derrière son comptoir. Sur le pas de la porte, elle s'exclama :

— Tiens, tiens, tiens… Mais c'est notre Fleurette, ça ! Qu'est-ce que tu fais de bon, ma belle fille ? On te voit plus. Entre donc, deux minutes.

L'institutrice essaya sans succès d'éviter l'orage.

— Une autre fois, madame Ladouceur. Il faut que j'aille au bureau de poste.

Mais elle ne faisait pas le poids, ni moralement ni physiquement. Les poings sur les hanches, la forte commère enfonça l'aiguille de son venin dans la chair tendre.

— Ta, ta, ta ! Tu as bien quelques minutes ! À moins que tu aies un rendez-vous galant au cap aux Outardes ?

C'était méchanceté pure que de rappeler à Fleurette qu'elle ne trouvait pas à se marier au village, les habitants de Morlieux ne lui pardonnant pas d'être sans père. Du coup, l'institutrice eut la gorge serrée. Dans quelques mois, elle allait à son tour mettre au monde un enfant qui, comme elle-même, serait victime de l'ostracisme des bonnes femmes du village !

— Vous savez bien que je n'ai pas d'amoureux…

Machinalement, Fleurette avait serré les bras autour de son corps, comme pour en dissimuler les rondeurs naissantes. Le geste n'échappa pas aux yeux perçants de Clémence.

– Oui, oui, on dit ça… Mais je voudrais pas te retarder. Le cap
aux Outardes est à une bonne heure de marche. Va, ma fille, l'exer-
cice te fera du bien. Me semble que t'as bien mauvaise mine depuis
quelque temps. T'es pas malade, au moins ?

La remarque fut accueillie par un rire général. Tout le gratin du
village se trouvait réuni : mairesse, notairesse et femme de médecin
côtoyaient couturière et pâtissière, sans snobisme. Il ne manquait
que la bouchère qui ne pouvait supporter de s'éloigner de son
homme, ne fusse que pour quelques minutes.

À ce groupe venait s'ajouter l'indispensable Gisèle Caya, la servante du curé, dont les deux principales occupations consistaient à
balayer la cure et à commérer, sans nécessairement que ce soit dans
cet ordre.

Veuve et près de ses sous, Gisèle Caya avait naguère jeté son
dévolu sur Josaphat Baril, de quinze ans son aîné, et lui avait lancé
à l'occasion des œillades enflammées que ce dernier ne voyait même
pas. La mort du tavernier l'avait empêchée de s'appeler madame
Baril — hypothèse qu'elle jugeait comme devant aller de soi — et
l'avait rendue suffisamment amère pour lui permettre de tenir fort
bien sa place parmi les commères.

Depuis toujours, ces six femmes faisaient front commun pour
la plus grande gloire de la Vertu avec un grand « V ». Gare à ceux
ou celles qui osaient déroger aux bonnes mœurs !

Fleurette était presque arrivée devant le bureau de poste quand
elle rencontra le Pépé, qui venait du quai, les cheveux en bataille.

– Bonjour ! Tu vas chez McPherson ? demanda-t-il, bien inu-
tilement, puisque la jeune fille se préparait à entrer.

Au même moment, le beau Daniel Larmor, fils du médecin,
débouchait par la rue Ménard. Fleurette le vit, rougit et détourna le
regard, embarrassée. Troublée, elle répondit au salut du Pépé avec
un temps de retard. Ce dernier la regarda attentivement.

– Je te trouve un peu pâlotte. Prends soin de toi, ma petite fille.

Fleurette sourit. Avec le docteur Larmor, le Pépé était une des
rares personnes du village à lui manifester de l'affection.

Pendant qu'avait lieu cet échange, Clémence continuait ses
insinuations au magasin général.

— Fleurette Beaupré qui fait la fière. On aura tout vu.

D'un embonpoint qui témoignait de son goût immodéré pour ses propres gâteaux, Amanda ricana, faisant tressauter ses bajoues.

— C'est vrai qu'elle a pas l'air bien. Quelqu'un qui ne mange jamais de pâtisseries ne peut pas être en santé, c'est certain!

Cette dernière remarque était jetée avec toute l'amertume de l'artiste pour les profanes qui n'apprécient pas son œuvre. Mais Clémence n'entendait pas se laisser voler la parole.

— Ouais, ben rien qu'à voir, moi je peux te dire qu'elle aura pas besoin de tes gâteaux pour engraisser, ma chère Amanda. Je te gage n'importe quoi que dans pas longtemps mam'zelle Beaupré va venir m'acheter du tissu pour se faire une nouvelle robe. Même que ça va prendre un patron plus grand…

Impatiente de mettre son apport de fiel, la femme du docteur Larmor avait joint les mains avant de renchérir, ironique:

— Pour ce que ça va donner… Que Dieu me pardonne, mais vous avez vu comment elle s'habille? Une maîtresse d'école devrait savoir coudre mieux que ça, y me semble!

Elle-même était vêtue d'une robe cousue par Clémence et qu'elle avait voulu très cintrée, soulignant ses formes encore harmonieuses.

Gisèle Caya leva le nez qu'elle avait pointu. Menton en galoche porté vers l'avant et minces lèvres serrées disaient assez qu'elle n'appréciait pas le tour qu'avait pris la conversation.

— Allons, allons, mesdames, laissez parler la mairesse. Nous sommes là pour ça. Aurélie, qu'est-ce c'est que cette histoire dont a parlé le curé? Il paraît qu'il se serait passé des choses dernièrement à la taverne?

Flattée, Aurélie Rochon se rengorgea et prit un petit ton important pour raconter toute l'histoire.

— Bien… vous savez ce que c'est… des hommes qui s'ennuient, qui se réunissent pour boire… ça m'étonne même que ce ne soit pas arrivé avant.

Perfide, Amanda l'interrompit pour avancer:

— Hum… Les hommes ont beau penser que ce qui se trame à la taverne est secret, mon Fernand me raconte tout, à moi.

Vexée, Aurélie cherchait une remarque blessante qu'elle ne trouvait pas. Elle ne put que répliquer :

– Continue, voyons, puisque tu en sais tant.

Fière de son importance, la pâtissière n'attendait que cette invitation. Elle fit néanmoins semblant d'hésiter.

– Je sais pas si je devrais… Faudrait que ça reste entre nous… J'ai votre parole ? Eh bien c'est simple : l'innocent s'est mis dans la tête qu'il y a quelqu'un près du lac. Un qui serait sorti du cimetière, rien de moins.

Les bras croisés sur son immense poitrine, un sourire aux lèvres, Amanda se délectait des exclamations étonnées de chacune. Seule Aurélie Rochon se taisait, dédaigneuse. Enfin, du bout des lèvres, elle laissa tomber :

– Ah, ça ? Mais, ma pauvre Amanda, elle date pas d'hier, ta nouvelle ! On devrait demander au curé d'exorciser Douleur. Rien que cette manie qu'il a de se promener en parlant tout seul… J'ai toujours pensé qu'il était possédé, moi.

Nouveaux rires. La matinée s'annonçait riche en potins quand Fleurette repassa devant le magasin général, en sens inverse cette fois. La femme du médecin avança les lèvres avec l'air gourmand de quelqu'un qui sait quelque chose. Montrant du doigt le dos de l'institutrice, elle annonça :

– Vous savez toutes que c'est moi qui reçois les patientes avant de les faire passer dans le cabinet de Dieudonné. Bien sûr, mon mari ne trahit pas le secret professionnel, mais c'est mon devoir d'aider moralement mon prochain. Alors je leur parle doucement et forcément, les femmes se confient souvent à moi. Vous pensez bien qu'après toutes ces années, je connais le cœur humain et ses misères.

Elle regarda tout autour d'elle afin de voir si quelqu'une oserait lui contester cette expérience dont elle s'enorgueillissait. Clémence ouvrit la bouche pour intervenir et se ravisa tandis que la Nicole Larmor demandait, l'air sévère :

– Tu as quelque chose à dire, Clémence ? Non ? C'est bien ce que je pensais. Ce que j'allais vous annoncer, c'est que rien qu'en voyant la démarche de notre Fleurette, je peux tout de suite vous confirmer que dans quelques mois, il y aura un autre petit ange à Morlieux.

Aurélie renâcla avant d'annoncer à son tour :

— Je pense qu'il n'y a aucun doute là-dessus, quoique je sois pas si sûre qu'on puisse appeler cet enfant-là un ange… En tout cas, moi, j'obligerai mon mari à faire son devoir de maire et de président de la commission scolaire.

— Qu'est-ce que tu veux dire ?

— C'est bien simple. Je pense qu'on ne peut pas laisser une jupe-en-l'air enseigner à nos enfants.

La notairesse intervint, un peu timidement :

— On pourrait attendre un peu, non ?

— Tu seras bien toujours la même, Rosalie Degrandmaison ! Attendre quoi ? Qu'elle se promène avec son bâtard ?

— Qui peut bien être le père ?

La mairesse lança, sarcastique :

— C'est peut-être quelqu'un qui nous vient du cimetière ?

Péremptoire, Nicole Larmor trancha :

— Fleurette est bien pareille à sa mère, allez ! De son vivant, Angélina Beaupré était pas regardante de ses faveurs. Elle avait toujours un beau sourire pour les hommes. Les hommes mariés, surtout… La Fleurette, elle, c'est nos garçons qu'elle débauche. Un vrai scandale ! En plus, c'est un mauvais exemple pour nos filles.

— On va lui régler son cas, à la maîtresse d'école !

Clémence Ladouceur avait eu le dernier mot. Après tout, c'était bien normal, elle était chez elle. Du magasin, la couturière avait fait sa forteresse. Reine incontestée de la machine à coudre, elle avait la main haute sur les boutons-pression, le fil et les aiguilles. De plus, elle voyait à tout dans le commerce et tenait méticuleusement les comptes. Rien ne lui échappait. Pourtant, en principe, le magasin appartenait à son mari, comme en témoignait l'affiche qui pendait à l'extérieur :

MAGASIN GÉNÉRAL
(Mercerie, confection et réparations)
A. Ladouceur, prop.

Justement, Aimé Ladouceur, le tenant du nom, faisait son entrée, les bras chargés. Devant l'assemblée, il s'arrêta, timide. Il allait se diriger vers l'arrière-boutique quand sa femme l'interpella.

– T'en as mis du temps, dis donc !

– Je sais. Gérald en finissait plus de déballer les commandes. Ton tissu est pas arrivé, Clémence. Ça sera pour le prochain bateau.

Tandis que les commères ramassaient leurs affaires pour regagner leur foyer respectif, Clémence demandait à son mari, sur un ton doucereux :

– La maîtresse d'école l'a reçue, elle, sa commande ?

– Quelle commande ? Elle attendait une lettre, il paraît. Quand Gérald lui a dit qu'elle avait point de courrier, elle a eu les larmes aux yeux, pauvre petiote.

Sa façon de s'exprimer, qui trahissait ses origines paysannes, humiliait Clémence. Elle traduisit sa gêne en lançant, méprisante :

– Ah non ! Laisse tomber les « pauvres petiotes » ! Garde ta pitié pour celles qui la méritent.

– Qu'est-ce que t'as encore inventé, Clémence ?

Pressentant que la discussion allait tourner au vinaigre, ces dames se dispersèrent sous divers prétextes culinaires.

– Il faut que j'aille faire mon dîner.

– J'ai un poulet au feu.

– Moi, j'ai un gâteau de fête à préparer pour la petite Laura Dunmore. Douze ans aujourd'hui !

– Tu peux peut-être commencer à regarder les modèles de gâteaux pour un baptême ?

❧

Dieudonné essuya soigneusement des mains qui tremblaient légèrement et revint s'asseoir dans sa chaise rembourrée. Devant lui, une Fleurette en larmes attendait le verdict.

– C'est bien ce que je pensais. Ce sera pour la fin de l'année. Pourquoi n'es-tu pas venue me voir tout de suite ? Je t'aurais donné quelque chose pour tes nausées.

Les joues mouillées, la voix rauque, elle affirma :

— Les nausées n'ont pas d'importance. Vous allez faire ce que je vous demande ?

Avant de répondre, le docteur mit ses deux mains à plat sur son bureau. Ensuite, il prit une grande respiration et enfin :

— Pas question, ma fille. D'abord, je ne suis pas équipé pour ce genre d'intervention, ensuite, c'est contre mes principes et surtout, je t'aime trop pour accepter de risquer ta vie.

Elle baissa la tête, tout de même un peu honteuse, puis d'une voix raffermie :

— Si vous m'aimez autant que vous le dites, aidez-moi. Parce que cet enfant-là, j'en veux pas.

— Que je ne t'entende plus jamais dire une chose comme ça, toi, une institutrice ! Toutes les vies sont précieuses. Celle de ton enfant aussi.

— C'est ça ! Je vais le mettre au monde pour qu'il serve de pâture aux grandes langues du village ! Merci bien ! Et puis, comment voulez-vous que j'élève cet enfant toute seule ?

— Pourquoi toute seule ? Le père ne veut pas prendre ses responsabilités ? Tu as écouté quelqu'un de Laridée ? Ou du village ? Et il est marié, c'est ça ? Dis-moi son nom et je vais aller lui parler, moi. Il va t'aider, prends-en ma parole ! Et puis, tu sais que tu peux toujours compter sur moi si tu as besoin de quelque chose.

Sa patiente partie, le docteur Larmor appuya ses coudes sur son bureau et posa son front fiévreux dans des mains qui tremblaient de plus en plus. Qu'est-ce que c'était que cette histoire ? Depuis l'incident de la taverne, les rumeurs fusaient de partout. Jeunes filles, hommes de métier, femmes cancanières affirmaient ou prétendaient avoir senti, vécu ou vu quelque chose. Mais quoi ? Ou alors qui ?

Pour l'une, c'était un pêcheur aux yeux d'ange, l'autre affirmait avoir vu une ombre, le pauvre innocent de Douleur prétendait qu'un être était venu du ciel… Le Pépé voyait des étincelles, mais on ne savait pas si c'était un phénomène surnaturel ou tout simplement le feu d'une imagination qu'il avait fertile. Quant au tavernier, taciturne de nature, impossible de se fier à ce qu'il disait ou encore deviner ce qu'il taisait…

Voilà maintenant que cette petite Fleurette, pour qui il ressentait une dilection toute particulière, affirmait ne pas connaître son séducteur autrement que comme un inconnu aux yeux troublants, venu vers elle, un matin de printemps. Balivernes que tout ça! La douce folie de l'innocent serait-elle contagieuse?

L'interphone grésilla. Une voix jeune interrompit les pensées du médecin :

— Maman est revenue et on va passer à table. Tu viens manger?

Agacé, il répondit par la négative et se plongea derechef dans ses pensées. Une douleur sourde lui traversa le corps. Il grimaça. Après quelques minutes, il ouvrit un tiroir, en sortit un garrot, une petite bouteille de liquide clair et une seringue qu'il remplit à moitié.

Avec un geste qui trahissait une certaine habitude, il remonta sa jambe de pantalon. Parsemés tout au long de la veine fémorale, on pouvait voir de petits points rouges, parfois entourés d'une ecchymose. Dieudonné prit un garrot qu'il noua juste au-dessus du jarret. Lentement, en homme qui sait ce qu'il fait, il examina attentivement sa jambe, en promenant son pouce sur la chair. Il trouva un endroit relativement libre de traces de piqûres, prit une profonde inspiration et s'injecta un puissant analgésique dans la veine qui saillait.

Presque aussitôt, une sensation de mieux-être envahit son corps. Les brumes de la douleur se dissipèrent et le tremblement de ses mains cessa. Dieudonné se leva, le visage serein, un sourire aux lèvres. Puis, ouvrant la porte du bureau :

— J'ai faim, Gabrielle. Qu'est-ce qu'on mange?

Contre-marée

Assise sur un monticule qu'on appelait « le chapeau », il était, à l'écart du village, une maison biscornue. Couleur gris-de-mer, les murs extérieurs surgissaient des herbes folles comme un prolongement alors que les bardeaux du toit, d'un ton plus soutenu, faisaient dentelure romaine contre le gris du ciel. À l'intérieur fleurait le thym sauvage.

Au cours des années, à même le bâtiment principal, on avait ajouté, ici une resserre, là une pièce à sécher les herbes et, encore, une dépense, cette pièce où l'on pouvait conserver les aliments.

Telle était la maison de Bérangère, la femme-aux-herbes. Rebouteuse, sage-femme et à l'occasion un peu sorcière, elle connaissait le secret des simples, ces plantes médicinales qui apportent soulagement à la souffrance des hommes. On ne s'adressait à elle que dans le secret de la nuitée. Souvent, le soir venu, on pouvait voir une ombre se diriger vers la maison biscornue. Alors on détournait le regard. Discrètement. Parce qu'il se pourrait bien qu'un jour on ait, à son tour, besoin de sa science.

Si Bérangère était discrète, il n'en allait pas de même de sa maison. Heureusement, d'ailleurs! Car c'est grâce aux bavardages des murs que nous, au village, savions ce qui s'y passait!

La femme-aux-herbes vivait d'expédients. Les petits fruits qu'elle cueillait l'été et qu'elle mettait en conserve constituaient son ordinaire. Avec des herbes qu'elle faisait macérer et fermenter, elle fabriquait une boisson qu'on venait lui acheter en grand secret. Secret de Polichinelle, car presque tous les habitants avaient, un jour ou l'autre, goûté à cette mixture que l'on appelait, personne ne savait trop pourquoi, du « vin d'amour » !

Bérangère pratiquait le troc, comme autrefois. On la payait avec du poisson séché, avec du petit gibier et parfois même avec des gâteaux achetés chez Amanda, la pâtissière, en prévision d'une visite à la maison biscornue.

La maison était vieille, la femme-aux-herbes également. Contemporaine du Pépé Ménard, on racontait qu'elle avait eu des bontés pour lui, au temps de leur verdeur respective. Bien plus, le soir à la veillée, certains se rappelaient des choses… À l'époque, on avait chuchoté que Bérangère était enceinte des œuvres de Zénon Ménard.

Pendant quelque trente années, personne n'avait plus parlé de cette histoire. Cependant, le soir de l'enterrement de Catherine, la femme de Zénon, le gardien du phare s'était chargé de remettre le sujet à l'ordre du jour. Toujours volontaire quand il s'agissait de colporter des ragots, Ian Dunmore avait plastronné à la taverne :

— Le Pépé a eu de la chance dans le temps, que sa Cathou lui ait pardonné son incartade, *Good Lord !* Et qu'elle ait accepté d'élever Lucien comme s'il avait été son propre fils.

Le docteur Larmor lui avait rabattu le caquet :

— À ta place, je ferais attention. Parce que si on se met à croire les racontars, il y aurait peut-être une ou deux choses qui te concerneraient.

— Personne peut rien dire sur moi ou alors c'est tous des menteurs, *Good Lord !*

— Alors ne parle pas contre le Pépé. C'est une vieille histoire qui n'intéresse plus personne.

— N'empêche que ça pourrait expliquer bien des choses. Et peut-être bien que Lucien n'est pas aussi orphelin qu'on le pense, ce soir.

Sarcastique, le notaire Degrandmaison avait interrogé :

— Tiens donc! Et comment savez-vous ça, monsieur-je-sais-tout?

Fier d'avoir suscité de l'intérêt, Dunmore s'était rengorgé.

— C'est Lucien lui-même qui m'a raconté que Bérangère était sa mère. Il le tenait du Pépé en personne. Paraît que le Zénon s'est décidé à parler la veille du mariage de son fils avec la fille de Gérald McPherson, ici présent.

Le maître de poste, qui avait l'esprit de contradiction ancré dans la peau, avait ricané :

— Facile à dire. Ce n'est pas Lucien Ménard qui va venir te contredire, hein? Parce que notre Lucien ne sort pas le soir, lui. Il s'occupe de sa femme, la belle Gloria.

À quoi le notaire avait renchéri :

— Et puis Lucien est un homme d'honneur. Jamais il ne vous aurait dit une chose pareille, même si c'était vrai, ce qui n'est pas prouvé.

Un peu plus et l'histoire dégénérait en bataille rangée. Il avait fallu toute l'autorité du tavernier pour calmer les belligérants.

— Ça suffit comme ça! Ma taverne n'est pas un ring de boxe. Asseyez-vous si vous ne voulez pas que je ferme tout de suite.

Un peu honteux, les hommes s'étaient rassis et on avait parlé d'autre chose.

ↂ

Trois ans après cette altercation, une petite Lison avait vu le jour chez les Ménard. Elle était la fille de Lucien et de Gloria, la petite-fille de Zénon, que personne n'appelait plus autrement que Pépé.

Au Ressac, la discussion avait repris, tout aussi passionnée. Encore une fois, Ian Dunmore avait lancé, avec toute l'assurance d'un homme qui connaît des choses que les autres ignorent :

— Il y a du nouveau chez les Ménard, *Good Lord!* Paraît que la femme-aux-herbes est grand-mère depuis ce matin!

Gérald McPherson avait immédiatement mordu à l'hameçon. Sans être vraiment des ennemis, Ian et lui ne faisaient que tolérer la présence l'un de l'autre. À cette époque, son pied goutteux lui faisait souvent mal. D'un ton que la souffrance rendait amer, il avait vertement interpellé le gardien du phare.

— Tu ne changeras jamais, Ian Dunmore. Bavard comme une vieille femme.

Sans répondre, Dunmore avait sorti son harmonica et entamé une mélopée plaintive. Mais le ragot avait fait son chemin.

Devenue grande, Lison avait à son tour corroboré l'histoire en rendant parfois visite à Bérangère, une des rares personnes qui trouvait encore grâce à ses yeux. Parce que marginale comme elle-même. Parce que la femme-aux-herbes comprenait tout. Parce qu'on pouvait lui confier ses désirs les plus fous, ses rêves les plus invraisemblables. La vieille femme gardait par-devers elle d'étranges secrets, confiés par tout un chacun.

Ce matin-là, aux aurores, Bérangère était affairée près de l'antique cuisinière aux flancs arrondis, dont elle n'avait jamais voulu se départir. Sur le feu, une casserole de fonte noircie laissait échapper un fumet qui se répandait dans la maison biscornue.

Quand le brouet serait cuit, la vieille irait cueillir les herbes aromatiques indispensables à la fabrication de l'*Eau Miraculeuse*, une formule secrète dont elle faisait grand usage pour guérir presque tous les maux. Car, si chez les Larmor on était médecin de père en fils, Bérangère était issue d'une longue lignée de sorcières.

Elle gardait soigneusement pour elle le secret de ses remèdes, se rappelant la mise en garde de sa mère contre leurs éternels concurrents, les médecins :

— Les docteurs ont de drôles d'idées sur les remèdes ; plus le nom est compliqué, plus ils pensent que c'est bon.

— Même les docteurs Larmor ? avait demandé Bérangère, curieuse.

— Loïc était pas comme ça, non. Mais méfie-toi de Dieudonné. C'est pas un mauvais gars, mais il a étudié à la moderne, celui-là.

Tenant d'une main une cuillère de bois noircie par l'usage et de l'autre une tasse de tisane, Bérangère brassait machinalement tout en soliloquant : « Il va me falloir encore un peu de marjolaine ; il doit commencer à y en avoir près de la grosse roche noire. »

Elle posa sa tasse vide et poussa la casserole sur un coin du poêle. Une mèche de cheveux gris, effilochée et raide, tomba sur son œil droit. Impatiente, elle la prit entre ses doigts et la rentra dans son chignon.

Elle était déjà habillée d'une robe informe, couleur de persil. Il ne restait plus qu'à enlever le tablier qui couvrait presque toute la jupe et elle serait prête à aller à la cueillette.

Machinalement, la vieille femme jeta un œil par le carré vitré qui donnait sur le pré. La nuit cédait la place à un jour grisâtre. Il faisait petit vent et les herbes étaient à peine couchées sous le souffle léger. La pluie ne viendrait pas tout de suite.

Bérangère prit un fichu qui pendait mollement d'un crochet fixé au mur et le noua sous sa gorge. Elle tendait la main vers son châle quand elle vit quelqu'un qui gravissait le monticule. La vieille femme n'y voyait plus très bien et dut attendre un peu avant de reconnaître la menue silhouette de la maîtresse d'école. Fleurette Beaupré marchait, un peu penchée.

« Tiens, tiens… Je parie que je sais ce qu'elle me veut, celle-là, de bonne heure de même. »

Avant que Fleurette puisse toquer à la porte, elle ouvrit et invita, cordialement :

— Entre, entre vite ma fille, y fait pas encore bien chaud à cette heure ! Et tire-toi une chaise. Allez ouste, toi ! Laisse-nous la place.

Cette dernière remarque s'adressait à Mouffette, la chatte qui dormait en rond à sa place habituelle. Les joues rosies par le vent matinal, sa visiteuse frotta ses mains l'une contre l'autre comme pour les réchauffer et s'assit. De ses yeux à demi fermés, la vieille regardait attentivement Fleurette. Mal à l'aise, cette dernière se trémoussa sur sa chaise et commença, l'air embarrassé :

— Je suis venue vous demander…

Bérangère ne la laissa pas continuer.

— T'as été voir le vieux fou de Dieudonné, il a pas voulu t'aider, alors t'as pensé à moi.

Stupéfaite, la jeune institutrice tortilla une boucle de cheveux noirs.

— Comment… comment savez-vous ça ?

Bérangère fit entendre un rire cassé, découvrant une bouche en partie édentée.

— Tu oublies que je suis sorcière! Les sorcières savent tout! Enfin, presque tout! Mais des fois, j'oublie des affaires. T'as quel âge, déjà, ma Fleurette?

— Je vais avoir vingt-six ans la semaine prochaine.

En pensée, la femme-aux-herbes revit une scène, presque identique à celle-ci. Angélina, la mère de Fleurette, avait la même angoisse dans la voix quand elle était venue demander de l'aide. Elle aussi s'était assise sur cette chaise et avait pleuré les mêmes larmes que sa fille.

— Qu'est-ce qui t'arrive donc, ma belle? D'habitude, c'est pas le courage qui te manque, pourtant. T'as changé, on dirait!

C'était vrai. Au début de son aventure, Fleurette avait été euphorique. Elle avait soupçonné, puis avait eu la certitude que son histoire d'amour aurait une suite et s'en était d'abord réjouie. Mais la défection de son amant et les remarques des commères lui avaient fait comprendre qu'elle devrait se battre pour deux à l'avenir.

— Il sera un autre enfant sans père, comme moi. Personne ne l'aimera.

Étrangement, cette remarque avait fait sourire Bérangère. Puis, fermement:

— Allons donc! Toi, tu l'aimeras. D'ailleurs tu l'aimes déjà. Je me trompe?

— Non. C'est vrai qu'il est déjà présent pour moi. Mais ça serait mieux si on était deux à l'aimer.

Elle y revenait toujours. Bérangère réfléchit quelques minutes avant de lancer:

— Le père de ton petiot, ce serait pas ce bon à rien de Daniel Larmor, par hasard?

Avançant le menton, Fleurette avait répondu, le front rouge et la voix tremblante:

— Le fils du docteur? Vous n'y pensez pas! Jamais ses parents ni sa sœur Gabrielle ne m'accepteraient dans la famille.

— Tant mieux! Parce qu'à moins qu'il ait beaucoup changé, c'est pas un garçon pour toi.

— Vous voulez dire que je ne suis pas assez bonne pour lui? Vous avez probablement raison. Et puis, les Larmor ne m'aiment pas. Vous savez déjà que le docteur refuse de m'aider... Pourtant, ma mère...

— Ta mère travaillait comme servante chez le docteur. Quand elle est morte, Dieudonné t'a gardée chez lui et il a payé tes études. C'est grâce à lui que t'es devenue maîtresse d'école. Alors ne dis pas trop vite qu'on ne t'aime pas.

— Ça n'empêche pas que l'autre jour, au village, madame Larmor était au magasin général...

— T'occupe pas de Nicole Larmor. Elle va toujours t'en vouloir d'avoir fait des études tandis que sa Gabrielle taille du cuir. Bon, si c'est pas le fils Larmor, qui c'est?

— Je ne veux pas en parler. Tout ce que je peux vous dire c'est que c'était comme dans un rêve. Mais le réveil était pas mal moins drôle.

Bérangère soupira.

— Pourtant, cet enfant-là t'est pas venu en rêve. Mais garde ton secret, ma fille. Tête dure comme ta mère!

— Maman! Maman est venue vous demander de l'aider à avorter?

La femme-aux-herbes secoua la tête. Le secret de la morte était bien plus étrange... Mais la vieille avait engagé sa parole. Jamais elle ne trahirait Angélina.

— Ta mère était plus courageuse que toi, ma belle. Sinon tu ne serais pas là, devant moi! Bon, bon! Ça va. Nous allons parler tranquillement toutes les deux.

Comme elle avait besoin de la femme-aux-herbes, Fleurette avait accepté, avec réticence, de donner quelques détails. Un samedi, pendant les vacances, elle avait rencontré son amant en marchant sur la petite plage. Il faisait beau, aussi s'étaient-ils étendus sur le sable, dans la caverne. Et puis, à la nuit, ils étaient retournés tous deux à l'école. Et le lieu où elle transmettait son savoir était devenu le temple de leurs amours. L'amour intense l'avait transportée dans un monde si lumineux qu'elle en était éblouie.

– Je ne le connaissais pas beaucoup et pourtant je l'ai reconnu. Vous comprenez?

Ce que Bérangère comprenait, c'est que Fleurette avait donné au visage de l'homme les traits de son idéal. Et d'après la description qu'elle lui en avait faite, la vieille femme aurait juré connaître l'amant…

Sa visiteuse partie, Bérangère prit le fichu qu'elle avait déposé sur une chaise, le noua sous sa gorge, jeta son châle sur ses épaules et sortit.

Elle contourna la maison et commença à descendre vers le vallon. À sa droite, la mer grise se confondait avec le ciel. Un temps à pluie qui viendrait fouiller la terre et revigorer les herbes. C'était bien. Car le court été serait tôt oublié.

– Bonjour, grand-mère!

La voix jeune était celle de Lison Ménard. Une Lison dansante, au pas allongé. Ragaillardie, Bérangère regarda la jolie vision.

– Où vas-tu comme ça, ma soie?

La jeune fille indiqua du menton la direction des falaises. Avant de se remettre à courir, elle jeta:

– Là-bas. À r'vi!

Bérangère sourit. Pour lui plaire, sa petite-fille la saluait d'une expression archaïque que peu de gens utilisaient, maintenant. À r'vi, cela voulait dire au revoir, à bientôt, à la revoyure. Mais pour Bérangère, cela voulait aussi dire « je t'aime »! Autrefois, c'était toujours avec ces mots que Zénon Ménard, son amant, la quittait.

– À r'vi, ma soie!

La femme-aux-herbes regarda s'éloigner Lison. Dans les yeux de sa petite-fille, il y avait à la fois la tendresse et la crainte d'un cabri. Se trouverait-il quelqu'un pour l'apprivoiser? Bérangère n'était pas certaine de le souhaiter.

La vieille femme tourna ses pensées vers Fleurette et vers la joie qu'elle portait désormais. Celui qu'elle cherchait était là, tout près. « Bien sûr que tu l'as reconnu, ma fille. Seulement, tu préfères ne pas le voir vraiment. Comme ta mère, oui, pareil. Seulement toi, je vais t'aider. »

Elle soupira. Si seulement elle avait accepté de croire Angélina, dans le temps! Mais comment accorder crédit à ces étranges lueurs que la jeune femme avait prétendu voir au-dessus du lac il y avait maintenant plusieurs années? Comment ne pas être sceptique quand elle affirmait avoir entendu de la musique dans la vallée?

Et puis, un jour, Angélina Beaupré s'en était allée dormir sous la neige, en emportant avec elle son secret. « Décidément, il va falloir que j'aille lui parler », conclut la vieille femme.

❧

Fleurette avait quitté la maison biscornue en emportant avec elle des herbes séchées dont elle ignorait le nom. La femme-aux-herbes lui dit qu'elle avait besoin de se fortifier, de refaire aussi son courage.

Un peu réconfortée par sa visite, l'institutrice décida de se rendre au cimetière avant de prendre sa première infusion.

❧

Dans la maison des Larmor, Nicole et Dieudonné prenaient leur petit déjeuner.

— Gabrielle, tu apportes du café chaud? Où est ton frère?

— Pas besoin de crier, je suis là.

L'étudiant se présenta en pyjama, les yeux bouffis et les cheveux en désordre. Nicole pinça les lèvres.

— Combien de fois t'ai-je dit de te laver et de t'habiller avant de venir déjeuner?

Daniel eut un large sourire. Il n'aimait rien de plus que de faire enrager sa mère.

— Ah, *mother!* Faut pas en faire un drame, quand même! Le jour de mes noces, je te promets que je serai beau comme un cœur.

La remarque, banale en soi, était faite sur un ton qui fit bondir Nicole. Pourtant, même en colère, la femme du docteur Larmor s'exprimait toujours en des termes recherchés.

– Tiens donc! Aurions-nous d'aventure le privilège de connaître ta future épouse?

Avant que Daniel puisse répondre, Dieudonné intervint à son tour:

– Il est grand temps qu'il retourne à l'université, celui-là. Ça a même pas le nombril sec et ça parle de se marier.

D'un ton désinvolte, le jeune homme repoussa une mèche de cheveux qui lui tombait dans l'œil et tourna vers ses parents des yeux d'un bleu profond.

– J'y retournerai pas. J'ai plus envie d'être médecin.

Le ciel tombant sur la table n'aurait pas provoqué plus de stupeur. La première, Nicole réagit:

– J'en étais sûre! Jamais on n'aurait dû te laisser revenir au village pour le congé de Pâques. Depuis ce temps-là, monsieur fait la paresse. Tu vas me faire le plaisir de préparer tes affaires. Jeudi prochain, tu prends le bateau et tu retournes à Québec.

– Non.

Le refus était fait sur un ton catégorique, tranchant, qui ne ressemblait pas du tout à l'attitude indifférente qu'on connaissait depuis toujours à l'étudiant.

Mère et fils s'affrontaient et pour une fois, ce fut Nicole qui détourna les yeux la première. Cela ne diminua toutefois pas sa colère. Glaciale, elle demanda:

– Tu peux me dire ce que tu comptes faire?

Mais déjà, le révolutionnaire cédait la place au velléitaire. Les yeux bleus perdaient de leur brillant. D'une voix plus molle, Daniel répondit:

– Peut-être de la sculpture, comme Florian Rivest. Il voudrait qu'on s'associe. Il me semble que j'aimerais ça, travailler le bois.

– Ami avec un menuisier! Belles fréquentations, Daniel, je te félicite! Et quand comptes-tu commencer ta glorieuse carrière?

– Je sais pas au juste. Je veux me renseigner avant. Je vais aller voir la maîtresse d'école, elle a sûrement des livres à me prêter.

Cette fois, Nicole Larmor rugit presque:

– La petite traînée! Elle a l'œil sur toi, je suppose. Évidemment, un futur médecin c'est un bon parti! Que je ne te voie pas avec elle, mon fils. Et puis… tout ça, c'est de ta faute, Dieudonné Larmor! Tu avais bien besoin de la garder ici quand sa mère est morte. De lui payer des études en plus. La fille d'une servante! Je l'ai vue, l'autre jour au village. Il paraît qu'elle est enceinte. J'espère tout de même, Daniel…

— Quand même, maman…

Nicole tourna sa colère vers son mari:

— Je suppose qu'elle t'a consulté? Qui est le père de cet enfant-là?

Le docteur était tellement contrarié que ses mains tremblaient quand il répondit:

— Nicole! Depuis le temps que nous sommes mariés, tu devrais savoir que je n'ai pas le droit de parler. Mais tu as raison sur un point. Il n'est pas question que Daniel épouse Fleurette.

— Ah bon! Eh bien, pour une fois nous sommes d'accord. Tu as compris, Daniel?

Le jeune homme abattit sur la table un poing lourd et fit danser les assiettes. Par bravade plus que par conviction, il affirma, péremptoire:

— Personne va m'empêcher de faire ce que je veux.

Et il quitta la salle à manger. Tout le temps qu'avait duré la prise de bec, Gabrielle n'avait pas prononcé un seul mot. Elle avait continué de manger, indifférente aux répliques qui traversaient l'air en sifflant comme des balles. Quand son frère fut sorti, elle se leva et demanda d'une voix unie, pas plus émue que si elle faisait rôtir du pain:

— Vous avez terminé? Je peux enlever les assiettes?

☙

Quand il parvint devant l'enclos qui ceinturait le cimetière, Dieudonné s'arrêta. Avant même d'ouvrir la barrière, il vit que des fleurs des champs, les premières de l'été, avaient été déposées sur la tombe d'Angélina Beaupré. « C'est sûrement Fleurette », songea-t-il, attendri.

Une petite pluie fine avait mouillé l'herbe. Dieudonné s'avança et s'agenouilla devant la pierre toute simple.

– Bonjour, Angélina ! La petite est venue te voir ? Ne t'inquiète pas. Tant que je vivrai, je la protégerai, notre fille. Tu crois que j'aurais dû accepter de l'avorter ? Si c'est Daniel qui est le père… Je ne peux pas les laisser se marier, quand même !

Dieudonné se releva, les genoux de son pantalon noircis par la terre mouillée. La pluie avait cessé et le ciel avait pris une étrange couleur. Comme il sortait de l'enclos, une lueur rapide comme un éclair zébra la pierre tombale. Mais le docteur ne vit rien. Il avait de la brume dans les yeux.

❧

Au loin, sur le monticule, se profilait la maison biscornue. À l'intérieur, Bérangère tremblait de tous ses membres. Cette lumière dansante… comme celle décrite par Douleur… La berçante se balançait toute seule, en émettant des craquements secs.

– Qu'est-ce qui m'a pris, non, mais qu'est-ce qui m'a pris d'aller au cimetière ?

Embruns

Situé sur une avancée dans la mer, juste à côté de l'église et du presbytère, notre cimetière était un endroit très fréquenté. On y venait pour prier certes, mais aussi pour parler à ses morts, solliciter leur avis et parfois même, ô horreur, les engueuler.

Il faut dire à leur décharge que les défunts ne se laissaient pas faire et rouspétaient à leur manière. L'expression « muet comme une tombe » n'avait pas cours à Morlieux… On en avait eu un parfait exemple la nuit du naufrage, il y avait maintenant plus de cinquante ans. Celle qui était, à l'époque, la jeune Bérangère, et qui avait été le témoin involontaire de cette bataille de trépassés, n'avait plus peur depuis longtemps. Et pourtant, les chamailleries continuaient.

Le plus virulent était sans aucun doute le vieux Ludovic dont personne ne se rappelait, car il était passé outre quelque cent années avant. C'était à peine si on pouvait encore distinguer son nom gravé sur la pierre tombale.

Personne ne venait jamais se recueillir sur la tombe du Ludovic et ça n'améliorait en rien le caractère du vieux, qui l'avait eu mauvais de son vivant.

On rapportait des incidents. Le Pépé, par exemple, un jour qu'il passait devant Ludovic pour aller rendre visite à sa défunte, avait trébuché et s'était fracturé le pied. Il en gardait encore une légère claudication.

Gisèle Caya, la commère du village, était tombée juste devant le Ludovic et s'était fendu le front sur la pierre. Elle en prenait à témoin la balafre qui lui zébrait encore la tête, partant de la naissance des cheveux jusqu'à l'arcade sourcilière.

Par la suite, on évita soigneusement de passer devant le vieux, quitte à contourner par l'arrière pour ce faire. Ce qui n'empêchait pas Ludovic de ricaner méchamment :

– C'est toi, Benoîte ? Comment tu te sens ? Parce que ce sera bientôt ton tour de venir dormir ici ! Et alors, Edmond ? Tu crois que parce que t'es curé, t'y auras pas droit ? Toi comme les autres. Je t'attends.

Cette façon qu'avait le défunt de rappeler aux villageois leur essence inéluctablement éphémère était du plus mauvais goût. Mais le vieux était comme ça. Et puis, d'où il était, pourquoi se serait-il privé d'étriver les vivants ?

Au temps de la comète, il y avait belle lurette que Ludovic ne s'était plus manifesté. On continuait pourtant à rendre visite aux défunts avec une constance qui aurait pu être digne d'admiration si elle n'avait été provoquée par l'ennui plus que par le devoir. Les regrets éternels ont souvent l'éternité assez courte.

Cependant, en dépit du silence du vieil acariâtre, certains phénomènes, observés des visiteurs nocturnes, étaient troublants. Douleur ne clamait-il pas qu'une fissure séparait le cimetière et l'église du reste du village et qu'il s'en dégageait une luminosité ? Venu visiter son épouse, Ian Dunmore ne prétendait-il pas avoir vu, de ses yeux vu, des points lumineux danser au-dessus de la pierre tombale de Ludovic ? Quant à Bérangère, la femme-aux-herbes, elle prévenait qu'il y aurait bientôt un malheur si on n'écoutait pas ceux qui étaient partis.

Pour des raisons évidentes, on n'accordait guère de crédit à l'idiot ou à l'ivrogne, même si les deux fréquentaient assidûment les morts.

Douleur aimait bien cette étroite bande de terre ceinturée d'eau sur trois côtés. On pouvait être presque assuré de l'y trouver les jours de brouillard. Il y cherchait refuge contre les méchancetés des adultes qui, obligés de rester au village à cause du mauvais temps, se distrayaient comme ils le pouvaient.

Du champ des morts, par contre, s'élevait une vapeur silencieuse qui estompait les contours des pierres tombales. L'innocent se sentait d'autant plus à l'aise que cette brume correspondait parfaitement à celle qui occupait son esprit.

Si, pour ses visites diurnes, il préférait la grisaille aux jours bleus, il ne venait la nuit que lorsque la lune se reflétait sur le granit poli. Il marchait entre les tombes, en ayant bien soin de ne pas mettre le pied hors des larges allées empierrées.

Le gardien du phare, lui, se rendait au cimetière pendant ses rares moments de sobriété, alors que l'attrition lui faisait craindre les foudres divines.

Il restait debout devant la tombe de Maureen à ressasser des remords. Le visage tacheté de son, la chevelure flambante de son épouse le hantaient. Il lui adressait de véhéments reproches pour l'avoir laissé seul avec Laura.

« Tu aurais pas dû… s'enlever la vie, c'est péché et tu le savais ! Tu regrettes maintenant ? C'est bien le moment ! Qu'est-ce que je suis supposé dire à la petite quand elle me demande pourquoi tu es partie ? Hein ? Mais parle, *you bitch !* »

À cette algarade, répétée à chaque visite, Maureen ne répondait jamais. « Ce qui prouve bien qu'elle est en enfer », se disait presque joyeusement Ian.

Quant à Douleur, on s'accordait à dire qu'il traînait avec lui une odeur de cadavre, odeur qui était atténuée, chez Ian, par celle, omniprésente, de l'alcool frelaté.

Toutefois, si les deux hommes ne trouvaient pas d'oreille attentive, il n'en allait pas de même de Bérangère dont l'avertissement, « il va se passer quelque chose de grave », n'était pas à prendre à la légère. Il était bien connu que la femme-aux-herbes était sorcière sur les bords, et son annonce en avait troublé plus d'une.

La notairesse était de celles-là. Le jour où la vieille avait prononcé sa prophétie, Rosalie Degrandmaison s'était vite rendue rassurer ses trois petits qui dormaient tout doux sous la terre.

– Maman est là, mes amours.

Un large signe de croix sur son maigre corsage, elle s'était relevée, les genoux endoloris, et était allée prier à l'église où les agenouilloirs étaient pourtant tout aussi inconfortables. Surtout pour une femme aussi osseuse que la notairesse. Décharnée du fessier et étique de la poitrine qu'elle était, la pieuse Rosalie!

Dans un de ses rares moments de nostalgie, le notaire avait jadis avoué à Dieudonné, son confident:

– Elle serait comme qui dirait une église. Avec les seins par en dedans.

Taquin, le vent s'était empressé de répandre le dialogue dans le village…

Les deux amis avaient chassé la gélinotte toute la matinée. Leur carnier déjà bien rempli, ils s'étaient assis sous un couvert d'arbres pour prendre une pause. La remarque avait fait sourire le docteur Larmor qui avait tout de même conseillé:

– Vaudrait mieux que le curé t'entende pas.

Mais le notaire s'en moquait.

– Si le curé Gallant était à ma place… mais ce n'est malheureusement pas possible. Ma Rosalie est à l'abri des voleurs de légitimes.

À l'idée d'un curé lubrique, voire libidineux, le docteur s'était esclaffé. Puis, égrillard:

– Et toi alors? Tu sautes la clôture de temps en temps?

– Ah ça, jamais! Je connais mon devoir!

– Non! Non me dis pas ça, Arthur, tu me fais suer! Écoute, la prochaine fois que je vais en ville, tu prends le bateau avec moi. Je te présenterai deux ou trois petites… Tu ne vas pas rester comme ça, c'est mauvais pour la santé! Et puis, même si tu ne peux pas refiler ta Rosalie au curé, il se trouvera bien quelqu'un d'autre pour la vouloir, non?

– J'en doute. Le haut lui conserve le bas, je te dis! Alors elle tricote, elle prie.

C'était précisément ce à quoi la femme du notaire était occupée, tandis que les deux amis échangeaient des remarques sur son insignifiante personne. Ses doigts habiles croisaient les fils avec une rapidité qui démontrait une longue habitude. Ses lèvres remuaient silencieusement en une longue prière entrecoupée de soupirs.

Jouir des plaisirs de l'oisiveté était impensable pour Rosalie qui ne concevait pas la vie autrement qu'en s'occupant. Il est vrai que l'ennui distillé par le notaire laissait grandement à désirer sur le plan de la qualité! Ce rat de bibliothèque ne trouvait satisfaction que dans la lecture du Code civil. Et de l'étude notariale nous parvenait ce commentaire formulé avec érudition :

« Sa femme eût-elle été attirante qu'il n'aurait su que faire de ses appas. »

Plus par besoin de distraction que par désir véritable, Arthur Degrandmaison avait fait trois enfants à Rosalie. Mais aucun des bébés n'avait vécu plus de quelques jours, laissant la mère éplorée, les mains vides, le cœur troué.

Le lendemain de l'enterrement, Rosalie rangeait soigneusement les tricots préparés avec amour pendant sa grossesse. Après quoi elle mettait immédiatement une autre layette en chantier. Le grand coffre d'espérance qui avait autrefois abrité la robe de mariée débordait de petites vestes et de minuscules chaussons soigneusement emballés dans du papier de soie pour en préserver la blancheur. En fouillant jusqu'au fond, on y trouvait même un trousseau de baptême complet, avec la robe délicatement ouvragée, le manteau long, immaculé.

Quinze ans après sa dernière grossesse, Rosalie tricotait toujours, sans chercher d'autre prétexte que celui de s'occuper. Le notaire possédait une provision de bas de laine prometteuse d'un centenaire, s'il devait tous les user, l'école était pourvue de mitaines et de tuques en quantité suffisante pour préserver du froid tous les gamins du pays et les femmes du village avaient l'assurance qu'un heureux événement serait immanquablement suivi d'une visite de la tricoteuse.

Seul le dimanche apportait une monotone et obligatoire interruption qui tranchait dans la vie de Rosalie où le ménage, la cuisine et le tricot ne laissaient aucun interstice par où le péché aurait pu s'infiltrer. Mais Dieu, qui s'était reposé le septième jour, n'entendait pas que l'on se fatigue le dimanche, même pour tromper son ennui. Cette morosité, pour être divine, n'en était pas moins pénible et madame Degrandmaison en souffrait pieusement.

Messe entendue, les hommes se réunissaient à la taverne et discutaient, le gosier sec. Les femmes se rendaient toutes au cimetière, chacune ayant au moins un mort à honorer. Ensuite, on s'asseyait sur le perron ou devant l'âtre selon la saison, mains inemployées et croisées sur un tablier fraîchement lessivé.

∽

Pour Rosalie, l'emploi des dimanches allait prendre une tournure inattendue. Cela commença par quelques mots, un samedi soir. Les époux étaient à table quand Arthur Degrandmaison fit remarquer, de sa voix éteinte :

— Maintenant que sa vieille mère est morte, Cécile Voyer a décidé de quitter le village pour aller vivre avec sa sœur. Elle met sa maison en vente.

Cette annonce, banale en soi, eut sur Rosalie l'effet d'une inspiration, dont elle ne douta pas qu'elle fût céleste. Timidement, elle demanda :

— Et le curé ?

Distrait dans son rêve d'une vente prochaine, le notaire mit un moment à comprendre ce que voulait dire sa femme.

— Quoi, le curé ?

Courageusement, Rosalie se jeta à l'eau.

— Le jour du Seigneur, Gisèle Caya va à Laridée, voir sa mère. C'est Cécile qui fait le repas du midi au presbytère. Qu'est-ce que le pauvre curé Gallant va devenir s'il a personne pour lui préparer son dimanche ?

Elle n'en dit pas plus ce soir-là, mais le lendemain, après la traditionnelle visite au cimetière, elle se rendit chez Cécile Voyer qui plaçait soigneusement son linge dans une valise de carton.

— Tu fais déjà tes bagages ?

La question faisait allusion à l'horaire hebdomadaire du bateau qui ne viendrait que le jeudi. Ce fut d'ailleurs en ce sens que Cécile la comprit et qu'elle demanda à son tour :

— T'es inquiète pour le curé ? Il me reste encore quatre jours pour trouver quelqu'une pour me remplacer. T'irais pas, toi ? C'est pour une bonne cause. Et puis, ça donne des indulgences. On en a toutes besoin.

— Faudrait que je demande à Arthur.

Et voilà comment Cécile trouva une cuisinière pour préparer le repas dominical du curé et Rosalie, une occupation compatible avec sa piété.

℃

Le jour où la terre trembla, l'arrangement durait depuis deux ans : tous les dimanches, Rosalie se levait à l'aube, préparait le manger de son mari, qu'elle laissait sur le réchaud du poêle. Elle partait ensuite pour l'église entendre la messe de sept heures avant de se rendre au presbytère. Là, elle commençait par sortir balai et brosse du placard et entreprenait le ménage en grand avant de se mettre à la préparation du repas.

En se privant de la grand-messe, seule distraction à part l'arrivée du bateau, la notairesse faisait un immense sacrifice. Le curé en était conscient, c'est pourquoi il voulut compenser en invitant sa paroissienne à s'asseoir à la table pour le repas du midi.

C'était là chose presque impie pour Rosalie qui mangeait généralement debout, près du poêle, attentive à ce que son curé ne manque de rien.

Sa timidité l'empêcha de refuser l'invitation, mais elle s'assit sur le bout d'une chaise, se contentant de mâchouiller la même bouchée qu'elle avait du mal à avaler tant sa gorge était serrée.

Les premières semaines, le curé se borna à poser quelques questions à cette paroissienne qu'il ne connaissait que par le secret de la confession. Mais à la longue, il finit par apprécier cette femme qui l'écoutait, bouche bée, sans perdre une seule de ses paroles pourtant banales.

Avec des mots de tous les jours, il se raconta.

Frais émoulu du séminaire, à peine avait-il été ordonné prêtre qu'on l'avait envoyé dans un presbytère de campagne sous l'égide d'un curé sévère qui surveillait tous ses faits et gestes. Et ce qui devait arriver se produisit : le jeune Edmond Gallant fut pris en flagrant délit de lecture d'un livre condamné haut et fort par l'évêque quelques semaines auparavant !

Ce geste de défi fut, bien sûr, rapporté au prélat qui convoqua aussitôt son prêtre rebelle. Monseigneur Desmarais, un homme pour qui sainteté se traduisait par austérité et même par obscurantisme, était fort en colère. S'il en avait eu le pouvoir, l'affaire aurait coûté à Edmond sa soutane encore neuve… Frustré de devoir ravaler une sentence qu'il aurait voulue plus sévère, le prélat n'en avait pas moins expédié le nouveau prêtre en exil, à Morlieux. Edmond y était encore, sans espoir d'en partir un jour, monseigneur n'ayant pas le pardon facile.

Racontée par épisodes, l'histoire passionnait Rosalie. Elle trouvait fabuleuses les aventures de son curé et déplorait de n'avoir à y opposer rien de semblable, elle dont la vie était découpée en carrés de même dimension.

Déjà, Rosalie ne regrettait plus de ne pouvoir assister à la grand-messe. Mieux connaître le curé, pénétrer, en somme, dans son intimité, la ravissait, lui donnant l'illusion délicieuse de commettre un péché qu'elle n'aurait pas à confesser.

Timidement d'abord, ensuite avec plus d'assurance, la notairesse parla à son tour.

Pour le curé, elle fit revivre son adolescence sévère d'élève des sœurs de Sainte-Croix. Elle évoqua sa vie édulcorée d'enfant unique, à l'ombre d'une mère falote et d'un père dont le puritanisme mesurait la vertu de sa fille au nombre d'heures passées à l'église.

Étonné, Edmond écoutait le récit de cette vie à odeur de cierge, étrange pour lui qui avait été élevé à la campagne, dans une maison qui sentait le foin fraîchement coupé. Chez les Gallant, les enfants étaient nombreux, la mère vaillante, le père jovial.

Ni l'un ni l'autre ne connaissait le danger des confidences ainsi échangées. Pas plus le curé que la Rosalie ne songèrent un seul instant que ces dimanches où ils partageaient nourriture et secrets les rendaient complices et allaient les mener à offenser le Seigneur.

Où donc le curé avait-il appris à donner de la joie? Où donc Rosalie avait-elle appris à la recevoir? Cet homme et cette femme, tous deux défavorisés par la nature, finirent par se retrouver dans la chambre au décor monacal.

Quand le presbytère rappelle cet épisode, il en devient tout nostalgique.

« Il émanait des deux êtres une douce chaleur qui réchauffait le bois de mes murs. Lentement, sans jamais se presser, ils apprenaient que le langage du corps peut se marier à celui de l'âme. Rosalie, la timorée, osait. Edmond, le vindicatif, se faisait doux. Ah, que le curé a bien fait de ne pas confesser ses dimanches quand il se rendait à Laridée! Être un artisan de bonheur ne saurait être péché! Ou alors il y a de quoi décourager une maison d'aimer son occupant. »

Voilà ce que raconte le presbytère! Mais ce n'est pas tous les jours que nous pouvons entendre ce témoignage, depuis notre malheur…

La maison coquette

Quand j'entendais quelqu'un dire, d'une voix songeuse, « Si les murs avaient des oreilles… », je riais en douce. Comment peut-on douter que les maisons entendent et voient ? Si ce n'était pas le cas, croyez-vous donc qu'il y aurait des maisons coquettes et fières, des cabanes misérables, des hangars dépenaillés, des chaumières tristes ou joyeuses ?

La maison de Myrtle appartenait à la première catégorie. Veuve d'un industriel de la ville, personne ne savait au juste pourquoi Myrtle Taylor était venue habiter Morlieux avec son attirail de peintre. Elle était arrivée par la mer, un jour, comme ça. Sans rien expliquer. Mais elle se mêlait de ses affaires, payait sa dîme et ses redevances, et acceptait volontiers d'aider aux corvées de nettoyage du séchoir à poisson.

Il n'y avait à redire que sur une chose : tous les mois, elle prenait le bateau pour Rimouski sans que personne sache ce qu'elle allait y faire. On supputait, on supposait, sans jamais trouver de réponse satisfaisante.

Après une première vague de méfiance, normale à l'égard d'une étrangère, Myrtle fut admise dans la famille que constituaient les habitants de Morlieux. Oh, il y avait bien eu, l'année où elle avait ramené Jean-Joseph Claude, une recrudescence de suspicion… Les dames dévotes de Morlieux s'étaient rendues en délégation au presbytère pour demander au curé d'intervenir.

Pour le moins aussi têtu que le maire, le prêtre avait renvoyé les bonnes âmes plutôt sèchement. Il n'acceptait pas qu'on lui dicte sa conduite et, qui plus est, il ne pouvait supporter que l'on fasse montre de bigoterie.

Du coup, Myrtle bénéficia d'un préjugé favorable et fut adoptée définitivement, quoique avec un rien de réticence de la part de ces dames ; mais admise avec enthousiasme par la gent masculine du village, pour qui la vue de cette femme jolie et bien mise était occasion de plaisir pour l'œil. Plaisir que l'on aurait bien aimé plus grand, mais Myrtle avait un air princier qui décourageait même les plus audacieux de ces messieurs.

Le docteur Larmor en savait quelque chose, lui qui s'était à deux reprises heurté le nez sur ce qu'il prenait pour de la vertu et qui n'était, à bien y songer, qu'une manifestation d'indépendance.

Quant aux femmes, elles étaient jalouses de cette liberté qu'elles-mêmes avaient perdue, et craignaient que Myrtle leur vole leur homme.

Pas très logique, sûr ! Mais allez donc parler raison quand il est question de conserver son édredon bien chaud ! Les femmes collaient leurs fesses brûlantes contre le ventre de leur mari et s'endormaient en paix, convaincues d'avoir assuré leurs droits de propriété.

Myrtle avait fait bâtir dans le secteur du Morne une jolie maisonnette peinte en jaune, garnie de mauve. Une galerie en faisait le tour et servait de poste d'observation. Elle y passait des heures à regarder la mer ou encore la vallée, selon le moment du jour.

Jules Rivest avançait déjà en âge, à cette époque. Et notre menuisier avait eu du mal à contenter la peintre qui voulait de larges fenêtres « pour que la lumière jolie entre partout dans la maison ».

Outre que ce n'était pas l'usage d'avoir des pièces aussi éclairées, la façon de s'exprimer de Myrtle avait presque choqué le menuisier. « Elle a des idées d'étrangère et elle tire du grand », grommelait-il quand il descendait au Ressac, fourbu après une dure journée de travail. Pour bien souligner son accord fraternel, Marcel Rivest, le frère cadet, ajoutait : « Elle veut des serrures à chaque porte. Si c'est pas de la méfiance, ça... »

Malgré qu'il était malcontent, il n'a pas fallu long feu à Jules pour bâtir en se faisant aider de son frère. Les deux hommes, qui n'avaient jamais suivi un plan de leur vie, trouvèrent ardu celui soumis par Myrtle.

Si l'âge n'avait en rien fait perdre de son habileté à Jules, il avait tout de même des petits problèmes qu'il transmit, sans le vouloir, à la maison couleur jonquille. Ainsi, le plancher et les murs du grenier étaient durs d'oreille.

Sans doute est-ce pourquoi ils n'ont jamais pu saisir autre chose que des bribes des conversations échangées entre les étrangers qui y logeaient parfois.

Témoin, les tout derniers visiteurs, des savants qui allaient troubler à jamais la paix du village. Lorsqu'ils se sont retrouvés entre eux, sous les combles, ils ont formulé des remarques elliptiques : « ...pas au niveau... étonnant que ça n'ait pas fait... dangereux... faudra qu'ils déménagent... pas le choix. »

Ils étaient trois

SI, AU TEMPS DU PLUS BEAU TEMPS, il vous avait pris l'idée de venir à Morlieux, vous seriez naturellement arrivé par bateau.

Depuis longtemps déjà, chaque campagne électorale apportait la promesse d'une route. Mais avec le dépouillement du scrutin venait immanquablement l'oubli. On n'évoquait plus la promesse qu'aux prochaines élections, d'ailleurs sans grande conviction. Cependant, reprocher au député du moment de ne pas tenir parole mettait du piquant dans l'affaire et du piquant, dame, on aimait bien s'en payer de temps à autre.

Hélas! Toute bonne chose a une fin et depuis maintenant plusieurs années, on pouvait se rendre à Laridée en voiture. Cependant, pour les habitants de Morlieux, la force de l'habitude combattait le modernisme. On allait au village voisin à pied ou à cheval, ou encore on prenait le bateau.

Aussi, personne ne s'est d'abord étonné, quelques jours seulement après que la terre eut tremblé, que des savants soient débarqués au village. Ils étaient allés tout droit à la poste qui servait également de gare maritime: on y attendait le bateau, on venait y chercher les commandes.

Ils étaient trois.

Le plus grand, qui devait être le chef, a d'abord demandé à parler au maire. Gérald McPherson a répondu que monsieur le maire était parti à la pêche, comme tous les jours.

Ils étaient trois.

Le maigrichon, qui avait des lunettes et un air important, a demandé où ils pouvaient se loger. Gérald leur a indiqué la maison de Myrtle Taylor, qui acceptait à l'occasion de louer une ou deux chambres dans son grenier.

Ils étaient trois.

Le gros ressemblait aux barils de farine commandés par Fernand pour sa boulange. Il a annoncé que lui et ses collègues aimeraient s'adresser au conseil municipal, le lendemain soir. Gérald a répondu qu'il fallait voir le notaire Degrandmaison, le secrétaire de la municipalité.

Aimé Ladouceur, le propriétaire du magasin général, attendait sa commande. Comme tous les jeudis. Il a lancé un regard jaloux aux hommes habillés de noir qui s'éloignaient vers la maison de Myrtle.

— Ils ont des faces de carême, tu trouves pas ?

Aimé ne releva pas la remarque. Il en aurait trop dit. Depuis le temps qu'il espérait obtenir les faveurs de la veuve… Émilien Baril, homme laconique s'il en était, émit pour une fois une opinion :

— Je sais pas ce qu'ils viennent faire ici, mais à mon idée, c'est pas bon signe. Ce seraient des oiseaux de malheur que ça me surprendrait pas…

Au même moment, le curé entrait.

— Serais-tu superstitieux, Émilien ? Ça m'étonne de toi ! J'ai du courrier, Gérald ?

— J'ai pas fini de trier les lettres. À propos de ces hommes, monsieur le Curé, ils ont pas l'air d'apporter de bonnes nouvelles, vous pouvez pas dire le contraire. Ils veulent une réunion du conseil. Je me demande bien ce qu'ils viennent faire ici.

— Eh bien, nous le saurons vendredi, je suppose. Au revoir tout le monde !

☙

L'entente avec Myrtle ne s'est pas faite facilement. Il faut dire que les trois hommes ont commencé par examiner sous toutes les coutures la grande pièce mise à leur disposition, examen peu apprécié par la veuve.

Vexée d'une curiosité qu'elle estimait insultante, Myrtle est redescendue vivement à son atelier, sans plus s'occuper de ses visiteurs. Et quand ces messieurs, après avoir déposé leurs bagages, sont allés rejoindre notre peintre, l'accueil de cette dernière était à peine poli.

— Et alors? Ça vous convient ou non? Parce que sinon, hein, rien ne vous empêche d'aller à l'hôtel du Pin Blanc, à la sortie du village. Ils louent des cabines.

Le plus grand n'a pas semblé impressionné par cet accès de mauvaise humeur. D'une voix égale, il a interrogé:

— En débarquant du bateau, nous avons vu une auberge, juste en face du quai...

— *Le Ressac*? Émilien Baril ne loue pas de chambres. C'est ici ou à l'hôtel. Vous avez le choix. Ici, je donne chambre et pension et c'est tant par jour, payable à l'avance.

On a rapporté que le chef avait un grand sourire en sortant son portefeuille et en comptant les billets. Une fois la question réglée, les hommes en noir sont ressortis et se sont promenés un peu partout dans le village. Je les ai vus rôder autour des maisons et des cabanes.

Ils étaient trois.

Ils sont passés derrière la maison du docteur en chuchotant, de sorte que je n'ai rien compris de ce qu'ils disaient. Ils sont montés jusqu'au phare qu'ils ont examiné attentivement. À tel point, que le gardien est sorti demander des comptes:

— Vous êtes des inspecteurs du gouvernement? Vous pouvez regarder tant que vous voudrez, mon phare est bien entretenu.

Sans relever la remarque, le plus grand a demandé:

— Vous avez remarqué des changements depuis le séisme?

Soulagé, Ian a ri:

— Séisme? Vous vous êtes dérangés pour ça? Eh ben le gouvernement a de l'argent à perdre, dites donc! C'était même pas un vrai tremblement de terre, voyons, juste une tremblette! Et toute petite, à part ça!

— Merci. Nous vous reverrons demain au Ressac?

— *Good Lord!* Bien sûr! J'y vais tous les soirs.

Ian est rentré chez lui en souriant de la stupidité des hommes en noir.

Encore aujourd'hui, le phare — qui a vieilli encore plus que nous, exposé qu'il est aux embruns — raconte d'une voix tremblotante:

« Ils ont fait le tour, ils ont touché partout, ils ont mesuré des choses, aligné des chiffres sur papier. Ensuite ils sont montés jusqu'à ma rambarde. Mais là, il n'y avait rien à dire. Mes vitres brillaient. Comme toujours quand la petite Laura s'en occupait. »

෨

Ah, ce presbytère, comme sa voix nous manque depuis le grand malheur! Nous ne recevons plus guère d'échos… Tout de même, nous avons su des choses. Ainsi, quand les savants sont venus, la Gisèle Caya les a accueillis avec une méfiance qui se mêlait de curiosité.

Méfiance parce que savants ou non, ils n'en étaient pas moins des étrangers; curiosité parce qu'ils étaient là, à tourner autour de la maison de Dieu et du presbytère.

Ils ont même étendu leurs investigations au cimetière, dans lequel ils se sont attardés, gesticulant, jusqu'à ce que Gisèle, n'y tenant plus, sorte du presbytère, les poings sur les hanches:

— Vous avez pas honte de marcher sur nos défunts? Vous pourriez au moins vous mettre à genoux! C'est vrai que ça m'étonnerait que vous soyez ici pour prier. Alors marchez dans les allées, c'est fait pour ça!

Dignement, la ménagère est retournée au presbytère en marmonnant: « Ils respectent rien, ces étrangers-là. » Elle était tout de même vaguement inquiète. « Des plans pour que le Josaphat Baril leur raconte des choses qui ne les regardent pas! On ne sait jamais avec les défunts! »

Autre motif d'inquiétude : la visite du cimetière terminée, les hommes ont rôdé un bon moment près du presbytère et de l'église. Le maigrichon mesurait, le plus grand écrivait.

Ce ne fut que lorsque les hommes eurent enfin tourné le dos à l'église pour traverser la rue que Gisèle Caya cessa de frotter machinalement la petite table de bois posée devant la fenêtre.

∾

Lorsque les savants sont arrivés devant la boulangerie, il en émanait une odeur de sucre glacé qui se fondait dans celle du pain fraîchement boulangé. Amanda faisait des brioches.

Quand la pâtissière a vu les hommes qui traversaient la rue, elle a presque eu envie de secouer son boulanger qui somnolait dans l'arrière-salle, près du pétrin. Mais, certaine d'essuyer une rebuffade, elle y a renoncé. C'était son habitude, au Fernand, de piquer un petit somme, une fois la fournée de pain glissée sur les claies. Et quand il n'avait pas son content de sommeil, on pouvait être assuré d'un réveil maussade.

Les hommes demandèrent poliment la permission de visiter la maison. Faite sur un ton sec qui cadrait mal avec la jovialité généralement attribuée aux personnes bien en chair, la réponse d'Amanda fut nette et brève. Elle ne l'appuya sur rien de précis, ne se cacha pas derrière une interdiction de son mari. Il s'agissait d'un refus lisse comme une agate polie, qui n'offrait aucune aspérité à laquelle accrocher un argument, un refus qui ne souffrait pas de discussion. Les trois hommes le sentirent si bien qu'ils ressortirent, exhalant leur mécontentement :

— Il fallait s'y attendre. Ces gens ne nous aiment pas, c'est l'évidence même.

Le plus grand, qui se targuait de connaître la nature humaine, affirma raisonnablement :

— Moi je comprends leur méfiance. Ils ne savent pas ce que nous venons faire et ils ne nous connaissent pas.

L'homme aux lunettes eut cette étonnante conclusion :

— Je crois qu'ils ont peur de nous, tout simplement.

Pendant qu'avait lieu cet échange, Amanda se tournait vers Fernand qui se tenait debout à ses côtés, les yeux encore embrumés par le sommeil :

— Gouvernement ou pas, y viendront pas faire la loi ici, ceux-là !

Et elle retourna à ses brioches, marchant distraitement sur la queue du chat qui protesta par un miaulement indigné.

ের

Malgré le plein jour, Émilien Baril dormait quand les visiteurs se présentèrent chez lui. Ce que les savants ignoraient, c'est que le tavernier était noctambule et passait une bonne partie de ses nuits à rôder dans la vallée ou encore à se promener sur la plage.

Les heures d'ouverture de la taverne, pour strictes qu'elles fussent, trouvaient leur raison dans l'emploi du temps nocturne du propriétaire. Vivre la nuit, dormir le jour constituaient un horaire qui lui convenait parfaitement.

À l'heure où les gens dormaient encore d'un sommeil calme ou agité, dicté par une conscience idoine, le jeune homme rentrait au Ressac après une longue promenade dans le village endormi. Presque tout de suite, on toquait discrètement. Émilien ouvrait sans éclairer et laissait entrer une silhouette vêtue de sombre.

Aux premières lueurs du matin, l'ombre furtive quittait la chambre d'amour tandis qu'Émilien se rendormait aussitôt, à peine conscient du vide de son lit.

S'il accepta de recevoir les savants malgré l'heure matinale, le tavernier fut tout aussi laconique que la pâtissière. Ce que cette dernière avait refusé, le jeune homme l'accorda par une réponse succincte :

— D'accord.

Et il s'effaça pour laisser passer les hommes, après quoi il remonta dans sa chambre, se remit au lit et se rendormit aussitôt, laissant ses visiteurs fureter à leur aise.

— Drôle de bonhomme !

— Si nous sommes reçus comme ça partout, ça va être gai !

— Aucune importance. Nous sommes venus pour travailler, pas pour nous faire des amis.

Le mur est du Ressac donnait sur la mer.

« Ils ont examiné les lattes une à une, de la hauteur des yeux jusqu'au plancher. Mais j'étais bien tranquille, je savais qu'ils ne trouveraient rien. »

ꙮ

Ils étaient trois.

Assis en rang d'oignons, le corps raide, des questions plein les poches.

Inquiétants.

Ils devaient bien être une trentaine de villageois.

Assis un peu partout dans la salle. Avec des verres pleins de bière et des étonnements plein la tête.

Hostiles.

— Vous êtes venus pour le quota?

La question venait du maire, pêcheur de son métier.

— Non. Notre présence n'a rien à voir avec les poissons.

— Vous allez réparer le pont, alors?

— Pas du tout.

Triomphant, Fernand Painchaud, qui était ami du député, s'exclama:

— Je sais! Ils viennent pour le pavage de la route. Je vous l'avais bien dit qu'on pouvait se fier à Joseph Chevalier!

Simultanément, les trois hommes firent signe que non.

— Le député Chevalier n'a rien à voir avec notre présence.

— Ben alors, dites-le, pourquoi vous êtes là, au lieu de nous faire languir.

Cette fois, c'était le Pépé qui intervenait, la patience abrupte, raccourcie par l'inquiétude. Qui étaient donc ces étrangers à la présence sombre, presque menaçante?

Celui qui paraissait être le chef interrogea à son tour:

— Vous avez remarqué des choses inhabituelles, ces derniers temps?

L'homme était d'un calme exaspérant, mais sa question en troubla plus d'un. Car des choses inaccoutumées, la plupart en connaissaient, qu'ils n'étaient cependant pas disposés à étaler au grand jour. Prudemment, on interrogea :

— Comme quoi, par exemple ?

— Eh bien, des vagues plus fortes, une mer houleuse, des fissures dans les maisons près du quai ou encore dans le roc des cavernes. Des glissements de terrain…

C'est alors que Douleur, qui s'était glissé subrepticement dans l'assistance, s'avança jusqu'au chef.

— Moi, j'ai vu des affaires…

— Tais-toi, Douleur !

— Tu n'y connais rien !

— Va jouer de la flûte dans le vallon !

— Tu seras jamais rien d'autre qu'un innocent !

Le simple d'esprit baissait la tête sous les admonestations tandis que le maire croyait bon d'expliquer à ces messieurs :

— C'est Vianney Pitre. Faut l'excuser, il a pas toute sa tête à lui.

Incapable de se faire entendre, l'innocent sortit, convaincu que s'il avait occupé la chaise du maire, comme la dernière fois, on l'aurait écouté. Il sortit sa flûte et se rendit tristement au cimetière jouer un air pour les défunts qui étaient toujours aimables avec lui. Même le vieux Ludovic. N'empêche que…

Au Ressac, le chef des hommes en noir continuait, comme s'il n'y avait pas eu d'interruption :

— Je n'irai pas par quatre chemins…

— Ouais. D'autant qu'il n'y en a qu'un, de chemin, qui mène jusqu'ici !

— Dunmore ! Arrête tes niaiseries !

— Je vous en prie, mes enfants, écoutons ce que ces messieurs ont à nous dire. Nous sommes venus pour ça.

— Merci, monsieur le Curé ! Eh bien voilà : le tremblement de terre a fait plus de ravages qu'il n'y paraît. Mes collègues et moi avons examiné attentivement les alentours et nous avons pris des mesures. Nous sommes convaincus que les maisons du bas doivent être abandonnées et que les maisons du haut doivent être déplacées sur plusieurs centaines de pieds, vers la vallée.

— Hein ? Quoi ? En v'là une histoire de fous !

Le maire, qui reprenait sa superbe en même temps que le terrain perdu, fut brutalement ramené en arrière par le Pépé qui protestait, péremptoire :

— Pas question de laisser le Rampant pour aller se bâtir au Morne.

Suivit une kyrielle de protestations.

— La saison de pêche vient juste de commencer. Voir si on a le temps de prendre les marteaux ! Avec quoi on va vivre, si on peut plus pêcher ?

— On a autre chose à faire que de jeter le village par terre !

— Comment c'est qu'on va payer les matériaux ?

Arthur Degrandmaison, qui humait l'odeur délicieuse de ventes de terrains, recommanda, à l'instar du curé :

— Allons, allons, messieurs ! Laissez parler nos visiteurs, voyons !

Encouragé par cette aide inattendue, le chef continua :

— Nous allons poursuivre notre étude jusqu'au départ du prochain bateau. Mais je peux déjà vous dire que le séisme a fait des dommages considérables. Le terrain est miné de partout. Il se pourrait bien qu'un glissement entraîne la partie du village que vous appelez le Rampant, soit la partie située près de la mer. Si la falaise s'effondre, elle tirera avec elle les maisons qui y sont accrochées. Il faut reculer avant que la mer vous force à le faire.

Si le notaire continuait à flairer la bonne affaire, la déclaration fut toutefois accueillie avec scepticisme par presque tous.

— Le bon Dieu protégera son église, sûr et certain !

— On n'a rien fait de mal. Y a pas de raison pour qu'on soit puni.

— Moi j'ai fait le tour du phare. Y a rien. Rien de rien.

— Comment on fera pour faire sécher le poisson, si on peut plus aller au séchoir qui est sur la plage ?

— Et le cimetière ? Hein, le cimetière ? Faudrait déménager nos défunts tant qu'à faire ?

❧

Ils étaient trois.

Ils sont restés jusqu'au jeudi suivant. Mesurant ici, évaluant là, palabrant entre eux. Toutes les maisons du Rampant ont été visitées. À l'extérieur. Parce que pêcheurs et bûcheux commandaient aux épouses de ne pas laisser entrer les « oiseaux de malheur ».

Prise entre la science des savants et le malcontentement des villageois, Myrtle laissa clairement entendre à ses pensionnaires qu'ils feraient mieux de songer à quitter Morlieux.

— Vous n'êtes plus les bienvenus, ici.

— L'avons-nous jamais été? Et dire que nous sommes ici pour aider ces gens-là…

Jamais arrivée de bateau ne fut plus attendue que ce jeudi-là. On vit rembarquer les savants avec soulagement.

— Bon vent!

— C'est ça! Et oubliez donc de revenir!

— Si c'est pas malheureux de nous faire perdre notre temps de même!

❧

La réaction d'incrédulité tenait à ce que les habitants de Morlieux, tous autant qu'ils étaient, n'avaient aucunement envie de rebâtir le village. Ils étaient farouchement ancrés dans leurs habitudes, arguant que leur chez-soi leur convenait: « C'est pas des étrangers qui vont venir me dire quoi faire chez nous. » Telle était l'opinion générale. Ce n'était pas obligatoirement formulé de la même manière, mais c'était bien ce que ça voulait dire.

Le vieux Jules Rivest prit la chose comme une insulte personnelle.

— De quoi y se mêlent? Des maisons bâties par les Rivest c'est du solide!

Son frère Marcel opina.

— Sûr et certain, ça! Je te le dis, mon frère, je sais pas ce qui me retenait de leur flanquer mon poing quelque part à ces trois-là.

Le Robert à Jules, celui-là même pour qui l'enseigne *Rivest et fils* avait été suspendue, écoutait d'une moitié d'oreille la discussion oiseuse entre son père et son oncle.

– Tu dis rien, Robert?

– Y a rien à dire.

– Oui, toi, on sait bien, tu t'en fous. C'est pas ton ouvrage et ta sueur qui vont tomber dans l'oubli... Toi, si les gens du Rampant décident de déménager, tu vas toujours pouvoir aller travailler ailleurs avec ton Florian. Mais nous autres, hein?

– Vous savez bien, son père, que jamais je vous laisserais tout seuls, vous et mon oncle. Et puis, Florian commence à être connu comme sculpteur. On sera pas dans la misère, même s'y faut déménager...

Mais Jules était déchaîné.

– Tout ça pour des étrangers qui connaissent rien à rien... Jamais je partirai. Les maisons du Rampant, c'est MES maisons! Je reste. Je veux plus qu'on me parle de cette histoire-là!

Délibérément, le vieux a fait pivoter sa berceuse pour bien marquer sa détermination. Impassible, Florian, le dernier descendant des Rivest, continuait de sculpter un bout de bois à l'effigie du chef des savants. Déjà, on pouvait deviner une certaine ressemblance. Après le visage, son couteau glisserait dans le bois tendre pour dessiner un corps long et étroit comme un tombeau...

℘

À ce que nous, les maisons, avons pu conclure ensuite — nous étions, après tout, les premières concernées — quatre habitants seulement accordaient crédit aux hommes en noir: le médecin, le notaire, le curé et la femme-aux-herbes.

Le docteur Larmor avait des raisons secrètes de croire à une catastrophe possible. En digne petit-fils de Breton, il avait une passion pour la mer. L'élément fluide, toujours changeant, le fascinait et il pouvait passer des heures sur la plage à regarder au large.

Or, il y avait déjà un certain temps que, fidèle à sa promenade quotidienne, il avait vu la barque des morts surgir d'un banc de brouillard! Oh, il se défendait bien d'être superstitieux! Mais ses ancêtres venaient de la pointe du Raz, que l'on appelait aussi « fin de terre », où l'apparition de la barque maudite était bien connue comme étant l'annonce d'un malheur. Et puis, il y avait autre chose, de plus concret et de tout aussi inquiétant…

Dieudonné Larmor était un homme qui ne faisait jamais rien à la légère. Après s'être entendu par téléphone avec son collègue de Laridée, qui le remplacerait si nécessaire, il prit le bateau, le même jour que les savants. Il en revint une semaine plus tard, le visage fermé, refusant de dire où il était allé et pourquoi.

のの

Arthur Degrandmaison retourna chez lui après la réunion, la mine réjouie. Il sympathisait avec les villageois, certes, mais il n'allait tout de même pas lever le nez — qu'il avait effilé — sur des ventes possibles, n'est-ce pas ?

Le notaire était propriétaire de terrains dans la vallée, il en possédait d'autres dans le village de Laridée. De quoi satisfaire tant ceux qui choisiraient de rester que ceux qui préféreraient s'exiler. Les pêcheurs n'avaient pas d'argent ? Qu'à cela ne tienne ! Il leur en prêterait. Ce ne serait pas la première fois qu'il aiderait son prochain. Mais d'abord il s'agissait d'assurer ses arrières :

— Je vais aller m'entendre avec Robert à Jules pour qu'il nous construise quelque chose à Laridée. Ce ne serait pas prudent de rester ici.

Rosalie avait pâli.

— Tu n'y penses pas, Arthur ? Et mon travail de sacristine ? Et le dimanche du curé ?

— Le curé ferait bien de penser à déménager lui aussi.

のの

À l'instar du notaire, le curé croyait à une catastrophe possible et même à une malédiction probable. Il songeait toutefois qu'il se pourrait bien qu'il en soit personnellement responsable. Ce fut, en substance, ce qu'il dit à Rosalie le dimanche suivant en l'informant qu'il irait, dès que possible, trouver le curé de Laridée.

– Je lui confesserai mon péché. Et Dieu, s'Il me pardonne, sauvera le village.

Troublée, Rosalie ne put que balbutier :

– Et moi, à qui je vais me confesser ? Si je le dis à Arthur, jamais il me pardonnera !

Ce fut la femme-aux-herbes que Rosalie alla trouver, angoissée, le cœur empli d'un immense chagrin à la perspective de perdre cette douceur qui l'habitait depuis maintenant plus de deux ans.

Bérangère reçut la notairesse de la même façon qu'elle accueillait tous ses visiteurs : avec calme et force à la fois. Elle s'employa à rassurer une Rosalie dont le moins que l'on puisse dire est qu'elle se sentait coupable de tous les péchés de la terre.

Elle était comme ça, la femme-aux-herbes : peu importe les problèmes ou les soucis qu'elle-même pouvait nourrir, elle s'occupait d'abord des autres. Elle ouvrit la porte du placard, en tira une bouteille et un verre qu'elle remplit d'un liquide brunâtre.

– Bois ça. Prends ton temps, respire à fond et explique-moi ton affaire que je sache bien ce qui se passe.

L'invitation donna lieu à un torrent de lamentations et de regrets que la rebouteuse se garda bien d'endiguer. Simplement, la confession terminée, Bérangère se contenta d'absoudre la notairesse mieux que ne pouvait le faire le curé. Et pour cause !

– Mais non, t'es pas responsable ! C'est la comète qui fait des siennes !

Et voilà ! Qu'est-ce je vous disais ? Je le savais bien que j'avais raison. On dira ce qu'on voudra, cette fichue comète aurait bien mieux fait de rester chez elle ! Et les savants aussi !

Le bal des doutes

L E PASSAGE DES SAVANTS allait déclencher une farandole de questionnements dans le village. De vieilles histoires refaisaient surface un peu partout. Ainsi, chez les Lecompte…

Roméo Lecompte cumulait la fonction de barbier à celle d'épicier-boucher. Surnommé Samson à cause de sa force physique, l'homme n'avait que petit moral. Le soir même du départ des savants, il s'ouvrit à sa femme de ses inquiétudes :

— Pour moi les hommes sont pas venus pour ce qu'y disent. Ce serait des enquêteurs que je serais pas étonné.

Chaque soir, c'était la même histoire. Berthe aurait été malade si elle n'avait pas terminé la journée par une réprimande :

— Tais-toi, Roméo ! Tu seras bien toujours pareil. Des enquêteurs, franchement !

— Oui, mais si fallait que ça se sache…

— Et comment ça se saurait ? C'est arrivé à Laridée, il y a deux ans de ça. Franchement !

Presque toutes les phrases de la Berthe se terminaient par cet adverbe, tant et si bien que sans qu'elle le sache, on l'appelait « Berthe-franchement » dans le village.

— Tu t'en fais pour rien encore une fois. Fais-moi la bise et dors !

Berthe ne pouvait supporter de s'endormir sans le baiser qu'elle réclamait tous les soirs. Elle aimait son mari d'un amour naïf mais intense, qui n'avait rien à voir avec la façon parfois assez rude dont elle le houspillait.

Savoir son époux absent, même momentanément, mettait l'épouse en transes. La *Barber Shop* était située derrière le magasin, un rideau de bambou en masquant la porte. Quand Roméo passait à l'arrière avec un rare client, Berthe ne pouvait s'empêcher de demander :

— T'en as pour combien de temps ?

Et justement, l'affaire à laquelle Roméo faisait allusion avait été marquée par une absence de plusieurs heures dont Berthe avait énormément souffert. Plus encore que d'un événement dont sa conscience s'accommodait mieux que celle de son mari...

Roméo se savait d'intelligence courte. Mais son caractère timoré l'empêchait d'accepter l'allégation de sa femme :

— Faute avouée est à moitié pardonnée. C'est le curé lui-même qui l'a dit en chaire. Tu t'es confessé tout de suite après. C'est fini, oublie ça.

Après avoir serré tendrement dans ses bras les formes généreuses de sa Berthe, il avait murmuré, comme pour lui-même :

— À moitié pardonnée, ça veut pas dire oubliée...

Le ton était si triste que cette fois, Berthe se redressa et s'assit dans le lit.

— Bon, d'accord, dis-moi ce qui te tracasse au juste. Après, on va voir ce qu'on peut faire.

Autant pour lui que pour sa femme, le Roméo relata l'histoire à partir du début.

— Ça doit faire deux ans, t'as raison, Berthe. J'étais allé à l'arrivée du bateau chercher ma commande de bœuf. Gérald McPherson était pas plus vite en ce temps-là qu'à cette heure. Il en finissait plus de déballer et de vérifier les commandes de chacun.

— Et puis, franchement, t'étais en retard.

— Tu voulais pas que je parte...

Au rappel de la scène d'amour dont elle avait gratifié son homme avant de le laisser partir, Berthe avait le feu aux joues. Elle cacha son émotion par une question banale :

– Continue. T'es passé par où ?

– Par la rue du Quai. Quand je suis arrivé, il y en avait déjà plusieurs qui attendaient, ça fait que j'ai laissé la camionnette devant le bureau de poste et je suis allé marcher sur la plage, en direction des Trois Yeux.

C'était là que le récit se corsait. Même si elle connaissait l'histoire par cœur, Berthe ne pouvait s'empêcher d'avoir une boule dans l'estomac. Quant à Roméo, il prit une grande respiration avant de continuer :

– Juste devant l'entrée de la première caverne, j'ai vu quelque chose…

– Tu savais pas que c'était des clams ?

– Pas tout de suite. C'est seulement en m'approchant que je les ai vus. Un plein seau !

Roméo revoyait la scène : le seau qui débordait de petits coquillages trempant dans l'eau de mer. Juste à côté, soigneusement alignés sur le sable, trois beaux maquereaux dont les écailles brillaient au soleil. Oubliés par quelque pêcheur qui les avait laissés là dans le but de les reprendre plus tard ? Quoique improbable, il n'y avait pas d'autre explication.

Roméo avait commencé par regarder tout autour, mais n'avait vu personne. Prendre le tout et l'apporter à la maison ? C'était du vol ! Un vol qu'on ne lui pardonnerait jamais. Surtout pour les maquereaux ! Les poissons, c'était la nourriture, c'était la subsistance, la vie même. Mais son hésitation ne dura pas, l'occasion était trop belle. Et puis, le pêcheur mystérieux n'avait qu'à ne pas laisser sa pêche toute seule, comme ça. Il ramassa les maquereaux, prit le seau par l'anse et alla dissimuler le tout à l'intérieur de la caverne. Pas loin. Il comptait revenir dans peu de temps.

De retour chez lui, Berthe l'avait accueilli par son habituelle remontrance.

– Ç'a donc bien été long ! Je suppose que t'as parlé à tout un chacun, comme d'habitude ? Et pendant ce temps-là, moi, je t'attendais ! Franchement !

Il avait rangé le quartier de bœuf enfin récupéré et avait enlacé sa Berthe avec une ferveur d'autant plus grande que, pour une fois, le reproche était justifié.

Il avait attendu la nuit. Quand la respiration de sa femme avait indiqué qu'elle dormait, Roméo s'était levé, avait pris un sac de jute dans la boucherie, une lanterne et était sorti doucement.

Les poissons étaient bien là où il les avait laissés, juste à côté du seau de coques. Il les avait rapportés à la maison, s'était remis au lit et s'était endormi, satisfait.

C'était compter sans son épouse qui, tôt levée, eut vite fait de découvrir le résultat de la sortie nocturne de son homme. Sitôt le café servi, elle le confessa. Et trouva elle-même la solution.

— Les maquereaux, on peut pas les garder. Ce serait manquer à celui qui les a pêchés. Alors tu vas les faire sécher, ensuite t'iras les porter au couvent des sœurs, à Laridée. Tu diras que c'est un don. Comme ça, t'auras pas de péché sur la conscience. Bien au contraire, ça va te donner des indulgences!

— Et les clams?

— Ça, c'est une autre histoire. Prendre des clams, c'est pas voler. Parce qu'elles sont à tout le monde. Mais me semble que ça passerait pas si on les mangeait. T'es aussi bien de tout apporter au couvent.

— Les sœurs vont se demander pourquoi je les garde pas ou je les donne pas au curé Gallant.

— Tu diras que t'as fait bonne pêche et qu'on en a de reste.

⚜

Ah mes amis, quelle équipée! Au milieu de la nuit suivante, j'ai entendu le cri des freins qui protestaient contre un arrêt brusque, ensuite le grincement de la petite barrière devant la maison. Des pas pressés ont résonné sur le sol et on a frappé violemment à la porte. Les coups vigoureux ont vibré jusque dans le bois du cadre, mais Dieudonné, pourtant habitué à s'éveiller facilement, a continué à ronfler.

Alors l'impatient a sonné. La musiquette m'a semblé vriller le bois du cadrage tant le tour de main de l'homme était vigoureux. Dieudonné a chaussé ses pantoufles et est allé ouvrir, le pas traînant, les cheveux en bataille.

— Faut venir tout de suite, docteur. Le curé est en train de mourir pour sûr!

– Hein? Le curé Gallant? Impossible, il était en pleine forme hier soir! Mais qui êtes-vous? Vous n'êtes pas du village…

– Non. Je viens de Laridée. Le docteur Lemieux est à Rimouski. C'est vous qui le remplacez, non? Faut venir. Je vous dis que le chanoine Lacasse va mourir…

Dieudonné s'est habillé en vitesse et est monté à bord de la vieille voiture asthmatique de son guide.

Le chanoine était très mal en point, en effet. Il avait soupé au couvent la veille et avait été pris, dès son retour, d'une soif inextinguible. En vain, il avait avalé force verres d'eau, rejetés presque aussitôt. Le docteur Larmor l'a trouvé dans un lit plein de vomissures. Il se préparait à passer la nuit à son chevet quand le même messager est revenu. Cette fois, c'étaient les nonnes qui avaient besoin de soins.

C'est un Dieudonné fourbu qui est rentré au petit jour en grommelant son diagnostic suivi d'un commentaire fort irrespectueux:

– Empoisonnement alimentaire! Un peu plus et on chantait le *libera* pour toutes les jupes noires de Laridée!

Cet événement restait sur la conscience de Roméo comme un poids de deux cents livres: celui de la supérieure du couvent, qui était passée à un doigt d'y rester!

À écouter son mari rappeler l'incident, la Berthe en avait des sueurs froides. Mais elle était et resterait une femme forte:

– Dors, Roméo! Je prends tout sur moi, t'entends? On ira parler au curé demain. Il te dira comme moi que le bon Dieu t'a sûrement pardonné. Comment t'aurais pu savoir que les clams étaient pas bons?

এৎ

Ainsi, chez les Pitre…

À la mémoire de
Charles-Henri PITRE
époux de Françoise Meyrand
péri en mer un jour de tempête
Que Dieu soit avec lui.

Encore aujourd'hui, dans la maison des Pitre, les murs gardent une odeur de tabac à pipe, cette pipe que Benoîte fumait en berçant son insomnie. Car elle ne dormait plus guère. Ce qui s'était dit pendant la réunion du conseil municipal n'avait toutefois rien à voir avec ses cogitations.

Un peu sourde, la folle-à-Pitre soliloquait à mi-voix pendant que Douleur dormait du sommeil de l'innocence.

« Me v'là malade, à c'te heure ! C'est pas Dieudonné ni Bérangère qui vont me guérir ! Non, je vais partir, sûr et certain. Et dans pas longtemps… Trente-six ans ! Ça fait trente-six ans que Charles-Henri s'est noyé. Je le savais bien, moi, qu'on retrouverait jamais son corps. La mer aime pas redonner ce qu'elle a pris… Ma belle-fille voulait pas me croire. C'est vrai qu'elle était grosse d'enfant, ça fait qu'elle gardait espoir de revoir son homme. « Si on ne retrouve pas le corps de Charles-Henri, c'est qu'il est toujours vivant », qu'elle disait, la Françoise. Pauvre naïve, va ! À quoi ça t'avançait de te cloîtrer pour attendre ton homme ? Oui, ça te soulageait de m'enguirlander, je sais. « C'est votre faute ! » que tu me criais aussitôt que j'ouvrais la porte. « Charles-Henri serait jamais sorti en mer s'il avait su qu'il y aurait tempête ! » Pauvre petite. Au fond, tu savais bien que c'était faux. Ton Charles-Henri, quand il avait de quoi dans la tête, c'était quasi impossible de le faire changer d'idée. Et puis, il croyait pas que j'avais un don pour dire le temps qu'il ferait. Même qu'il aimait pas beaucoup ça quand les pêcheurs venaient me voir. Il disait que quand on sait pas lire ni écrire, on sait pas grand-chose. Et toi, ma fille, tu pensais comme lui, naturellement. Ça, j'ai rien à dire. Une femme doit soutenir son homme. Tout le temps. T'étais une bonne épouse pour la tête dure à Charles-Henri. Ça fait que tu as trouvé ça normal qu'il prenne la mer, même s'il était fin saoul. Et quand on t'a annoncé qu'il était pas revenu, tu voulais pas croire… T'étais certaine qu'il était sur l'île Maudite !… Ta femme, Charles-Henri, il a fallu la retenir de force pour l'empêcher de s'y rendre, sur l'île. On avait beau lui dire qu'on pouvait pas accoster, que ceux qui avaient essayé s'étaient déchiquetés sur les rochers, elle écoutait même pas. Elle était toute folle de t'attendre, la pauvre. Finalement, c'est elle qui avait raison, y en a qui ont vu ta canadienne accrochée après une roche noire sur l'île. Toi, tu devais être pas loin, j'imagine. Mais on pouvait pas aller chercher ton corps. Trois jours plus tard, des gamins qui jouaient près de l'ouverture des Trois Yeux ont trouvé des débris de *La Belle Françoise*, échoués sur la plage. J'ai marché toute seule derrière le cercueil vide. La Françoise avait commencé ses petites douleurs... »

Après la messe des funérailles, elle était tout de suite revenue vers sa belle-fille. Comme elle arrivait, la sage-femme achevait de tout nettoyer. Bérangère avait tendu un bébé pleurnicheur à la grand-mère et montré du doigt la mère geignarde. Après un regard chargé de reproches vers ce monde auquel elle ne voulait plus appartenir, Françoise s'était laissée glisser à son tour dans le néant.

« Je l'ai appelé Vianney, en souvenir de mon défunt. Il est pas né idiot, non. Seulement, la Françoise a pas pris le temps de le finir, trop pressée qu'elle était d'aller rejoindre son homme. Le petit est arrivé avec un corps tordu, un bras plus petit que l'autre. Mais c'était pas un innocent. L'innocence, elle lui est venue quand il est tombé la tête sur les pierres. Il devait avoir cinq ans. Dans ce temps-là, c'était Loïc Larmor qui soignait le monde. Son Dieudonné était encore qu'un tout jeune homme qui étudiait pour guérir. Et Loïc a eu beau dire que Douleur est né comme ça, moi je sais que c'est pas vrai. D'ailleurs, les docteurs c'est bon juste à vous faire avaler des cochonneries... Je file pas pantoute, astheure. Mais j'appellerai pas Dieudonné. J'ai pas besoin de lui. De Bérangère non plus. Je sais ce que j'ai. Je suis pas née de la dernière tempête, tout de même! »

Ainsi, c'était un souci de chaque nuit, quand la vieille sentait ses os fondre, que de s'angoisser sur ce qu'il allait advenir de son petit-fils.

— Quand vous viendrez me chercher, mon Dieu, amenez donc l'innocent aussi. Qu'est-ce qu'il fera sans moi?

Cette prière, ni le Christ ni le mur derrière le crucifix n'allaient avoir le temps de l'exaucer.

☙

Josaphat Baril avait été enterré tout près de l'église, presque sous les gouttières, là où l'eau creusait une large rigole. Les fleurs qu'on aurait pu mettre sur sa tombe se seraient immédiatement flétries, noyées par une surdose d'eau calcaire. Mais des fleurs, le jeune Émilien n'en avait pas à offrir à un père, mort ou vivant.

– Tu aurais pu faire mieux, franchement! s'était exclamée la Berthe Lecompte, au moment où le cercueil de Josaphat, tout frais sorti du charnier, descendait dans la fosse.

Émilien s'était gardé de répondre que son père, radin jusque dans la mort, n'avait pas voulu payer deux concessions au cimetière. Quand Deline était partie, la levée de boucliers contre le tavernier était telle qu'il n'avait pas osé chipoter sur l'emplacement. Deline était allée dormir près du calvaire. Josaphat, quant à lui, s'accommodait de ce bout de terrain, composé de mottes d'herbe et de pierraille.

Dire si Deline fut contente de la séparation, ça... Mais tout porte à croire que oui. La pauvre ne devait pas être fâchée de dormir loin de son ancien tortionnaire...

Ce fut vers Josaphat Baril, sa flamme de jadis, que Gisèle se rendit porter ses doutes et sa misère, comme elle en avait l'habitude. Un large détour, fait machinalement, lui permit d'éviter non seulement la tombe du vieux Ludovic, mais celle de beaucoup d'autres défunts qui avaient souvent tendance à ergoter.

La veuve Caya, quant à elle, se réjouissait de l'emplacement isolé qui lui permettait de parler à Josaphat sans que la légitime ne s'en mêle, ce qui aurait pu être gênant, après tout!

Les défunts les plus proches ne s'occupaient guère de cette visiteuse. Peut-être par indifférence, ou peut-être parce que ce qu'elle avait à raconter était si révoltant qu'il aurait fallu trop en dire.

Ainsi, assurée qu'elle était de la discrétion des autres morts, confiante en la solitude qui entourait ce lot particulier, Gisèle y allait-elle rondement, quoique à voix étonnamment basse pour une femme plutôt habituée à donner dans l'aigu.

Cependant, ses paroles, prononcées devant des pierres insensibles, trouvaient leur écho. Si faibles qu'elles fussent, elles rebondissaient sur un chanfrein, accrochaient une croix et allaient se répercuter sur les murs du presbytère.

« Si seulement tu m'avais écouté quand ta Deline est partie! On avait tout à gagner, toi et moi, à se mettre ensemble. Oui, oui, je sais, il aurait fallu attendre un peu, laisser passer le temps du deuil. Mais après ? Quand je suis venue vers toi, quand je t'ai parlé de mariage, quand je t'ai dit que j'avais du bien, pourquoi m'as-tu écartée de ton chemin ? Huit ans, Josaphat ! Huit ans que je t'ai attendu, que j'ai fait de la soupe pour vous nourrir, toi et ton ingrat de fils. »

Ce même discours, elle l'avait répété au cours des années chaque fois qu'elle avait du vague à l'âme. Mais après le départ des savants, Gisèle changea de refrain.

« Ouf ! Sais-tu que j'ai eu peur ? J'ai même pensé, pendant un moment, que tu allais tout leur dire ! Tu as eu raison de te taire. On en dit toujours trop et ces trois-là ont pas des têtes de chrétiens, ça, c'est sûr. Et puis, à quoi ça t'aurait avancé, hein ? Ce soir-là, quand t'es sorti du Ressac, rien sur la tête, je dormais pas. J'ai mis le gros manteau du père et je suis sortie à mon tour, juste sur tes talons. T'étais rendu à mi-chemin de la côte du Morne, là où il y avait ce fossé qu'on se décidait pas à combler. J'ai voulu t'arrêter, te dire de mettre ton capuchon ou ta tuque, mais j'ai pas eu le temps, t'es tombé dans cette calvette du diable. Mais t'étais pas mort, Josaphat. Et il te restait encore une chance de t'en sortir ! T'étais là, dans ton trou, t'as levé les yeux, ensuite la main. Tu voulais que je t'aide à remonter. C'est là que je t'ai demandé, ça devait bien faire la dixième fois : on va se marier ? T'as même pas répondu. Alors pourquoi je t'aurais sorti du trou, hein ? Donne-moi juste une bonne raison ! »

⁋

Émilien aussi pensait à son père. Ce père qu'il avait détesté, dont il avait ardemment souhaité la mort. Il aurait bien voulu bannir à jamais Josaphat de ses pensées, mais l'image du tavernier continuait de le hanter. Il le voyait partout : frappant sa mère, buvant, criant ou s'enfermant dans sa remise pour fabriquer la bagosse.

Les visites de Josaphat à son fils étaient nocturnes, c'est pourquoi Émilien rôdait dehors la nuit, par tous les temps. Il évitait soigneusement de passer près de l'endroit où son père était tombé, sans réussir pour autant à se débarrasser de l'encombrante présence spectrale.

C'est léger, un fantôme. On dit que c'est fait d'effilochures de brume, de fumée ou d'éther. Mais celui de Josaphat réduisait à néant toutes ces caractéristiques supposées. Il était lourd, insistant et refusait de s'évaporer, quoi que fasse son héritier.

La grosse maison blanche des Rivest relate, d'une voix encore ferme :

Ce fossé, il est tout juste au mitan de la côte, passé la véranda. J'ai tout vu, tout entendu. D'abord la Caya avec ses mamours, ensuite Émilien. Devait avoir suivi son père à distance, celui-là... Peut-être même qu'il a rencontré la veuve qui redescendait, alors que lui montait, ça, je l'ignore. Il est arrivé près du fossé. Il s'est arrêté, il a regardé son père. Longtemps. Je ne saurais pas dire en minutes combien il est resté là. Moi, j'ai bien essayé d'aider : j'ai fait craquer mes murs et mon plancher dans les chambres. Mais Jules Rivest commençait à être pas mal sourd, déjà. Les autres non plus ont rien entendu. Ce qui fait qu'il y avait Josaphat dans son trou et Émilien qui le regardait mourir sans faire un geste. Finalement, il a tourné les talons et il a commencé à redescendre vers le Rampant. Je l'ai perdu de vue comme il prenait la courbe, juste avant la maison du docteur. Il a laissé mourir son père, comme ça. Pas surprenant qu'il ait de la misère à dormir.

Et si quelqu'un l'avait vu ? Cette veuve, tiens, qui revenait de Dieu sait où, à cette heure où les honnêtes gens devraient dormir. Il s'était bien vite caché derrière un tremble et il était vêtu de sombre. Mais sait-on jamais ? Pourtant non ! Cette Gisèle, c'était une des pires commères du village. Si elle l'avait vu, ce soir-là, elle en aurait sûrement parlé.

« Je ne l'ai pas tué, quand même ! Je n'ai rien fait du tout, moi ! Je l'ai tout simplement laissé là où son ivrognerie l'avait mené. Rien ne dit que j'aurais eu la force de le sortir de là, après tout. Un homme ivre qui ne s'aide pas, c'est diablement lourd. Et même si j'avais réussi, ce n'aurait été que partie remise. Il aurait continué à boire, il serait tombé, peut-être ailleurs, peut-être même ici, à la taverne. Non, il était bien à sa place, dans ce trou. Il est mort comme il a vécu. Ouais, mais si Gisèle m'a vu quand même? Si jamais elle venait me voir en disant "Je sais tout", qu'est-ce que je pourrais répondre? Pourtant, ce n'est pas moi qui l'ai amené là, dans ce fossé, hein? T'entends, papa? C'est pas de ma faute si t'es mort! Alors pourquoi est-ce que tu ne veux pas me laisser tranquille? Qu'est-ce que c'est? Ah, la porte! C'est vrai, il est déjà deux heures. »

— C'est toi? Entre, voyons! À qui je parlais? À personne! Je jonglais, c'est tout. J'ai dû parler tout haut sans m'en rendre compte. Viens, montons vite à ma chambre. Je suis tellement content que tu sois là, mon Florian!

Dérive

Ses longs cheveux bruns étalés sur l'oreiller, Laura Dunmore semblait dormir. La petite fille était couchée sur le dos. Contre sa poitrine, elle serrait bien fort un petit chien en peluche.

À plusieurs reprises, son père avait tenté de lui enlever ce souvenir d'enfance.

— Tu es une grande fille, maintenant, Laura. Tu ne devrais plus avoir besoin de ton Boubou pour t'endormir.

Sans répondre, Laura serrait le toutou encore plus fort. C'était SON Boubou ; souvenir heureux de l'époque où sa mère était encore là et qu'elle, Laura, était une petite fille comme les autres.

Ian Dunmore a regardé un moment sa fille puis a refermé la porte de la chambre. De sa poche, il a pris une petite clé et ouvert une autre porte, au fond de la maisonnette qui jouxtait le phare.

Il était le seul à jamais entrer dans cette pièce. C'était son fief, son antre, son refuge, comme l'avait été autrefois la remise du père Baril. Il y régnait une odeur de poussière et de sueur, âcre remugle qui lui rappelait son enfance. L'ombre de Maureen, qui flottait parfois dans les autres pièces, n'était pas admise ici.

Ian a tiré sur la corde qui commandait l'unique ampoule de la pièce sans fenêtre, parce que destinée au débarras. L'éclairage parcimonieux soulignait la saleté des lieux, mais l'occupant n'en avait cure. Les mêmes gestes, répétés depuis tant d'années, se passaient très bien de lumière brillante.

Sur une table branlante se dressait un serpentin de verre qui descendait jusqu'à une bonbonne. Fièrement, l'homme a contemplé un moment son alambic. Ensuite, il a pris une des nombreuses bouteilles déjà remplies d'un liquide clair et a quitté la pièce, aussi silencieusement qu'il y était entré.

Porte soigneusement verrouillée, il est passé dans la salle de séjour et s'est engoncé dans un vieux fauteuil. Puis, il a porté la bouteille à ses lèvres et a avalé une longue gorgée.

℘

Quand elle a été certaine que son père avait suffisamment bu, Laura s'est levée. Petit fantôme dans sa longue robe de nuit blanche, elle s'est arrêtée un moment pour observer l'homme abruti par l'alcool. Une image s'est présentée à son esprit.

Le jour de ses douze ans, son père avait commandé un gâteau à Amanda, la pâtissière. Quand le soleil avait commencé sa course avant de plonger vers la mer, Ian Dunmore était revenu du village avec le gâteau qu'il avait posé sur la table. Ensuite, il avait entamé une bouteille.

Au crépuscule, il était complètement ivre tandis que Laura regardait le gâteau qu'elle refusait de manger seule. Ce jour-là, elle a compris qu'elle ne serait jamais plus une petite fille insouciante.

Après un dernier regard vers son père qui ronflait, elle s'est engagée dans le couloir qui menait à la base du phare. Elle s'est guidée à tâtons pour arriver au bas de l'escalier en colimaçon. Il ne restait plus maintenant qu'à monter vers la lumière.

Toutes les nuits, elle se rendait là-haut. De la rotonde, elle pouvait voir les maisons endormies, la mer qui scintillait sous la lune. Alors Laura s'appuyait sur la rambarde qui ceinturait le phare et parlait à sa mère, trouvant réconfort dans cette voix qu'elle entendait en réponse.

« Je suis ici, Laura. Regarde bien. Tu vois cette étoile juste au-dessus du Ventoux ? C'est mon étoile à moi. Un jour, tu viendras m'y rejoindre. »

Laura se laissait bercer par la voix douce en rêvant. Oh, que ce soit bientôt le moment !

Le fanal a balayé la nuit. La lumière a d'abord caressé la côte, éclairé la maison des Ménard, effleuré la butte de l'est et continué son mouvement giratoire. Près de la falaise, la cabane de Bérangère était violemment éclairée. Le ruban lumineux a continué sa ronde, effleurant la crête d'une énorme vague.

Toute à son rêve, Laura ne voyait que sa mère, qui souriait en lui tendant enfin les bras.

Radieuse, elle s'y est jetée.

Clair-obscur

AVEC TANT DE MALHEURS, le vent ne sait plus où se diriger quand les évocations commencent. Surtout qu'il n'y a plus de girouettes pour indiquer la direction, depuis le temps! Le phare exhale un regret, ce qui reste de la pauvre maison biscornue soupire, alors que je me rappelle…

☙

Bien au chaud dans son lit, Nicole Larmor, les yeux grands ouverts, faisait le point. Il y avait déjà longtemps qu'elle avait trouvé le moyen d'écouter ce qui se disait dans le cabinet de son mari.

Dans le placard de la chambre, une grille d'aération donnait directement dans la pièce du dessous. C'était un jeu d'enfant que de l'ouvrir toute grande et d'écouter les confidences des patients…

Elle devait rêver à moitié, parce je voyais des images flotter dans la pénombre. Fleurette, assise devant le bureau de Dieudonné… Nicole, au magasin général avec les commères… Ainsi, c'était donc ça! Elle essayait de trouver qui était le père de ce bâtard… L'image de Daniel se présenta, et fut aussitôt repoussée. Elle refusait de croire à la paternité de son fils.

Doucement, tout doucement, celui auquel pensait Nicole a posé ses pieds nus sur la moquette. Sur une chaise, des vêtements chauds l'attendaient. Daniel s'est habillé, est descendu à la cuisine, a chaussé ses bottes et endossé un manteau. Il est sorti et a disparu silencieusement dans la nuit.

Quelques centaines de pieds plus loin, j'ai vu une fenêtre s'éclairer.

~

Fernand Painchaud gardait les yeux fermés sur sa fatigue. Il n'en pouvait plus d'enfourner toutes les nuits la pâte pétrie la veille.

Sous la poussée d'Amanda, il s'assit dans le lit.

— Fernand! C'est l'heure.

— Oui. J'y vais.

Tandis que sa volumineuse épouse faisait branler les montants du lit en se retournant, Fernand chaussa de vieilles pantoufles et se leva. En descendant au fournil, il mit le pied sur la queue de Frisette qui miaula une protestation offusquée.

— Chut! Tais-toi, sale bête.

Machinalement, il jeta un coup d'œil par la fenêtre, comme si la chatte avait pu éveiller quelqu'un au village. Il crut apercevoir une lueur qui brillait à l'est. « Le soleil ne se lève pourtant pas si tôt », songea-t-il en allumant son four.

Frisette alla se pelotonner dans un coin et s'endormit.

~

Le bébé bougea, donna un coup de pied dans les reins de sa mère. Fleurette passa doucement sa main sur son ventre arrondi. L'enfant serait bientôt là.

Elle tira sur la chaînette de la lampe et une lumière tamisée éclaira la chambre. Dans une encoignure, une commode à sept tiroirs abritait de minuscules vêtements.

Fleurette se leva, se dirigea vers le meuble, ouvrit un à un les tiroirs. Dans le village, presque tout le monde avait contribué au trousseau. Les petits chaussons avaient été tricotés par Lison.

Myrtle avait apporté de douces couvertures de flanelle ourlées à la main. Pour sa part, Bérangère avait piqué une courtepointe aux couleurs pastel. Seules les commères, menées fermement par Nicole Larmor, gardaient leur attitude rigide envers celle qu'elles appelaient toujours « la petite traînée ».

Si madame docteur avait su qu'il existait parmi le groupe une dissidente, elle aurait été fort marrie… Rasant presque les murs, la timide Rosalie était venue un soir bleuté, en se cachant, comme d'une mauvaise action. Elle avait apporté un petit chandail. « Pour que le bébé soit bien au chaud », avait-elle murmuré. Rougissante devant les remerciements de Fleurette, elle était repartie tout de suite, sans même accepter le verre de limonade offert de bon cœur par l'institutrice.

Rêveuse, Fleurette caressait du doigt la douce laine qui allait donner chaleur à son bébé. Lison serait la marraine. Sollicitée pour cet honneur, la jeune fille avait tout de suite accepté. Quelques jours plus tard, elle avait apporté une cape aux dimensions de poupée. Ensuite, les petits chaussons que la future mère tenait entre ses doigts.

Bérangère venait souvent lui apporter des herbes lénifiantes, apaisantes. Quant au docteur, il était là, rassurant, chaque fois qu'elle avait besoin de lui.

Une fulgurante douleur traversa le dos de Fleurette. Elle laissa tomber les chaussons, porta les mains à ses reins.

— Aïe !

Elle resta un moment à se masser maladroitement puis se pencha pour ramasser les chaussons et les remit dans le tiroir. Le ventre en avant, elle marcha vers le lit, se recoucha et éteignit.

Viendrait-il ce soir ?

∽

Gérald McPherson se réveilla en sursaut avec l'impression qu'on avait frappé à sa porte. Qui donc pouvait venir à une heure pareille ? Le maître de poste se frotta les yeux, puis caressa la barbichette soigneusement taillée en pointe qui lui ornait le menton.

— C'est fermé, lança-t-il de son lit.

Les coups redoublèrent. L'homme se leva, s'étira langoureusement, accentuant une charpente déjà fort allongée. Puis, d'un pas lent, il se rendit à l'avant de la maison, dans la partie qui servait à la fois de bureau de poste et de capitainerie, lorsque le bateau-ravitailleur arrivait. Brusquement, il ouvrit la porte. Devant lui, sa fille, Gloria Ménard.

— Tu n'aurais pas vu Pépé, par hasard ? On le cherche partout !

L'air froid de novembre pénétrait à grandes voilures dans la maison. Il frissonna.

— Reste pas là, entre. Je ne voudrais pas chauffer tout le village ! Alors le vieux fou a disparu ?

— Papa…

— Tu t'énerves pour rien, ma fille. Ce n'est tout de même pas la première fois que Zénon décide d'aller se promener.

— Plus maintenant. Le docteur Larmor le soigne pour son arthrite.

— Mais… regarde-moi donc un peu, toi ! Ma parole, t'es vraiment inquiète ! Bon, d'accord. Je m'habille et j'arrive. Toi, va chercher les autres. On va le trouver, votre Pépé !

Gérald McPherson bâilla et d'un pas traînant retourna dans sa chambre. Avant d'enfiler son pantalon, il se rendit à la fenêtre et colla son nez à la vitre. La maison biscornue était éclairée.

« La femme-aux-herbes est bonne pour une nuit blanche, elle aussi », maugréa-t-il. « Peut-être qu'on devrait commencer par là pour trouver Zénon. »

✑

Dans la maison biscornue, les souvenirs étaient nombreux, leur récit bien imbriqué dans le vieux bois…

Bérangère dormait peu. Les nuits lui servaient à se remémorer des événements, heureux ou malheureux. L'histoire de l'île Maudite, nul ne la connaissait mieux qu'elle. Pas même Benoîte Pitre, qui marchait gaillardement sur ses quatre-vingt-dix ans.

Cette histoire, la femme-aux-herbes la tenait de sa mère qui, elle-même, l'avait apprise de sa mère à elle. Elle avait grandi en écoutant la musique de ces contes d'antan.

– Cette île, elle est née quand j'étais toute petite. Dans ces temps-là, il y avait une prison, ici, à Morlieux. On y amenait des bandits de toutes sortes, tu sais. Il en est venu un qu'avait la face quasi fendue en deux par une cicatrice longue comme ça. Spencer, qu'on l'appelait. Lionel Spencer. Un grand qui avait les dents croches et qui souriait tout le temps. L'avait tué sa femme et sa fille. Un jour, il a voulu déguerpir. S'est jeté dans la mer au bout de la pointe sud. C'est pour ça qu'on l'appelle la pointe Spencer.

– Oui, mais l'île, là-dedans?

– Attends! L'île, elle existait pas encore. C'est la mauvaiseté du balafré qui l'a créée.

Bérangère écoutait de toutes ses oreilles la voix du passé. Que quelque chose de tangible puisse naître de la perversité d'un homme lui paraissait incroyable.

– L'île, elle est venue comment, dis, maman?

– J'y arrive, j'y arrive! Je te disais que le balafré s'est jeté à la mer, un soir. Quand Audias Ménard a vu que son prisonnier manquait, il a cherché partout où c'est qu'on pouvait se cacher, même dans les grottes. Il a trouvé personne, naturellement. Paraît que la lune était couleur de sang... Le lendemain, quand Audias a regardé au large, il a vu une île qu'était pas là la veille. Une terre faite de roches pointues comme les dents de Spencer. Des roches qui mordaient la mer, qui la déchiraient. Spencer avait disparu, mais l'île est restée. C'est comme ça que ça s'est passé, et pas autrement!

Et Bérangère allait dormir, les yeux emplis d'images. Cette île, née spontanément, la fascinait. Était-elle aussi méchante que sa grand-mère et sa mère le prétendaient? Avec les années, il lui avait bien fallu admettre la sagacité de sa mère et constater à son tour que la mer s'était amplement vengée de l'agression des récifs. Tous ces noyés...

Fouiller dans le passé peut faire mal, la femme-aux-herbes en savait quelque chose. Mais tous les souvenirs ne sont pas pénibles.

Il y avait eu Zénon. Cette fameuse nuit, sur la plage... une nuit enchanteresse, suivie de quelques autres, peu nombreuses, au hasard des occasions volées... Un amour impossible dont Catherine Ménard, dite Cathou, avait souffert.

Pourquoi faut-il qu'une femme soit malheureuse pour qu'une autre ait du bonheur? Bérangère se rappelait les rares rencontres avec Zénon Ménard comme d'un éblouissement.

Un fruit était venu, avait grandi en elle. Un trésor. Elle avait caché sous d'amples jupes les conséquences de cet amour tandis qu'elle se tenait à l'écart des gens du village. Pourtant, elle aurait tant aimé vivre sa joie au grand jour! Ah, folle était cette petite Fleurette qui avait un moment pensé défaire ce que l'amour avait commencé!

Dans sa berçante, Bérangère sourit et ferma les yeux. Elle revit son propre accouchement, seule dans ses draps souillés. Zénon était venu à l'aube et avait regardé ce fils qui tétait avidement.

– J'ai parlé à Cathou. Elle est d'accord. Elle nous attend, l'enfant et moi...

Catherine, l'épouse légitime de Zénon devant Dieu et les hommes, portait depuis quatre mois un coussin sous sa jupe à elle.

Bérangère avait appuyé ses lèvres sur la joue satinée de son fils et l'avait tendu à Zénon sans proférer une parole. Elle avait mal, si mal!

– À r'vi, Bérangère.

« A r'vi, mon loup », avait-elle murmuré si bas que Zénon ne l'avait pas entendue.

L'enfant enroulé dans une vieille couverture, Zénon avait quitté la maison biscornue avec son fils pour aller vers sa maison à lui, vers sa Cathou. Bérangère était restée seule avec ses seins gonflés, ses bras vides d'enfant et d'amour.

De sa mère, elle avait appris à soigner, consoler, soulager les peines des autres. Mais la sienne, qui s'en souciait? Elle était devenue sage-femme, mettant les enfants des autres au monde. C'était sa punition. Sage-femme, oui, mais aussi femme sage.

Elle et son Zénon s'étaient peu revus et jamais seuls. C'était la condition posée par Cathou pour prendre à sa charge cet enfant qui n'était pas le sien.

Lucien avait grandi, solidement ancré dans la maison familiale. Et la femme-aux-herbes ne regrettait rien. Après Lucien, il y avait eu la petite Lison, en continuité d'amour.

Bérangère somnolait, un sourire aux lèvres.

Un crépitement. Du bois qui craquait sous la chaleur. La vieille femme ouvrit les yeux et vit le tuyau du poêle chauffé à blanc. Une étincelle monta, suivie d'une autre. Au plafond, une poutre avait déjà commencé à se consumer.

La femme-aux-herbes attrapa son châle et voulut sortir de la maison biscornue. Elle ouvrit la porte, l'air aviva les flammes qui montèrent haut dans le ciel. La femme-aux-herbes franchit le seuil de sa maison et s'écroula dans la toute première neige de l'automne.

Ↄ

Pépé ne dormait pas. Les heures passées à dormir ne se rattrapent plus et il n'avait plus assez de temps devant lui pour gaspiller ce qu'il en restait.

Autrefois, dès le crépuscule venu, il sortait et rentrait parfois à l'aube. Avec le temps, Catherine avait fini par se résigner à ces escapades qui la laissaient seule dans un grand lit froid.

Et Zénon Ménard courait, par monts et par vaux, flânait dans la vallée, rêvassait au bord du lac Grave. Le loup de Bérangère parlait aux bêtes, racontait des histoires aux étoiles.

Il avait aimé la femme-aux-herbes parce qu'elle aussi connaissait la magie des lumières de la nuit. Ensemble, ils avaient rêvé. Et le rêve s'était incarné. Lucien d'abord, un Lucien qui ne leur ressemblait pas, ensuite un autre maillon, l'enfant de leur enfant, Lison. Alors là, oui, Lison était vraiment une Ménard.

Quand on parlait du cabri sauvage, Pépé riait silencieusement. Mais enfin, d'où croyait-on qu'elle sortait, cette biche dansante ? Elle était sa petite-fille. Son existence même était un cantique d'amour.

Il se revoyait le matin de la naissance de la petite. D'instinct, il avait tendu les bras et avait serré le paquet vagissant tout contre lui. Lison ! Elle avait grandi, et le vieil homme et l'enfant avaient tenu de longs conciliabules. Il lui avait enseigné les choses qu'il connaissait, transmis le savoir des astres.

Un jour, la chevrette lui avait échappé. « Va, ma Lison ! Danse toute seule. Je suis bien trop vieux pour suivre ton pas. »

– À r'vi, Bérangère ! disait-il autrefois à sa maîtresse.

Bientôt, ce serait sa famille qu'il quitterait pour aller dormir là-bas, à l'ombre de l'église.

« À r'vi, mon loup. »

La voix était si proche qu'il sursauta. De son lit, il pouvait voir un coin de ciel par la fenêtre qui donnait sur la falaise. Une silhouette masqua un instant la fenêtre pour s'enfoncer ensuite dans l'ombre. Zénon quitta péniblement son lit et s'approcha.

Une lueur irréelle éclairait le haut de la falaise. Bérangère! Elle avait besoin de lui, il en était sûr! Pépé décida de se rendre à la maison biscornue. Sans se préoccuper de son genou droit qui lui faisait atrocement mal, il descendit l'escalier en prenant bien soin de ne pas faire craquer les marches.

De la chambre de Lucien provenait un ronflement. Rassuré, le Pépé s'assit sur une chaise droite placée exprès à côté de la porte et enfila lentement les bottes de son fils. Ensuite, il prit une vareuse accrochée à un long clou et la revêtit. Il essaya bien de la boutonner, mais ses doigts noués lui refusaient ce service. Renonçant à mieux s'habiller, il ouvrit la porte sur l'automne.

Zénon Ménard volait au secours de sa belle.

❧

Extrait du journal de Gabrielle Larmor
Mi-novembre

Ce n'est plus une question de savoir où les gens sont allés. Presque toutes les chaussures qu'on m'apporte ont une odeur de tragédie.

Quand le curé Gallant s'est enfin décidé à sonner le tocsin il ne restait plus de la maison biscornue qu'une charpente incandescente. Les premiers hommes sont arrivés sur les lieux et ont assisté, impuissants, à l'écroulement des murs.

Je venais tout juste de m'éveiller quand on a frappé impérativement à la porte avant. C'est moi qui ai ouvert. Samson Lecompte était là, tenant Bérangère inanimée dans ses bras puissants. Derrière lui se tenait Daniel, habillé de pied en cap, qui arrivait de voir cette mijaurée de Fleurette, j'en jurerais.

J'ai appelé, papa est descendu. Daniel et Roméo ont transporté la femme-aux-herbes dans le dispensaire et l'y ont couchée.

J'ai été désignée infirmière. D'office. Je fais les repas aussi. Car maman a toujours eu des souliers vernis...

La nuit de l'incendie, presque tout le village s'est massé devant chez Bérangère. Lison Ménard était aux premières loges avec son père. Personne n'a vu le Pépé.

Il ne restait plus qu'un enchevêtrement de poutres noircies quand Gérald McPherson est arrivé, suivi de sa fille, pour annoncer la disparition du Pépé. Malgré leur fatigue, les hommes au visage rougi par la chaleur ont tout de suite commencé les recherches en s'interpellant d'un bosquet à l'autre.

On a sonné le tocsin encore une fois. « À l'aide », *tintaient les cloches.* « Venez, il faut trouver le Pépé! »

Les dernières lueurs de l'incendie coloraient l'atmosphère et on ne savait plus très bien de quelle couleur était la nuit.

∽

Il est là, dans le lit à côté de celui de Bérangère. Elle a des pansements aux mains, Pépé tousse et a la jambe droite dans le plâtre. Il ne marchera plus, a dit papa. Ses os sont trop vieux pour se souder... Mais il n'en a cure.

Quand il pense qu'on ne le voit pas, Pépé regarde la Bérangère, qui en fait autant. Ils ont de la lumière dans les yeux.

Le secret

Trois jours après l'incendie, Ian Dunmore promenait sa solitude sur la petite plage de l'anse aux Outardes quand il a aperçu un corps de femme disloqué par les rochers, face contre sable.

Le gardien du phare a retourné le cadavre sur le dos. Le visage était méconnaissable, mais le ventre distendu identifiait la victime. Fleurette, notre maîtresse d'école, était partie en amenant son bâtard. Elle a été la dernière à venir dormir dans le champ des morts.

Il pleuvait. Il avait plu toute la nuit. Quelques flocons d'une neige mouillante se mêlaient à l'eau. L'humidité était intense, plus agressive, plus pénétrante que le vrai froid.

Que dire de plus, quand il ne reste de notre Fleur que des pétales fanés ? Fleurette, la petite fleur, était bien trop jeune pour faire une morte !

⁊

Extrait du journal de Gabrielle Larmor

À Morlieux, l'automne a commencé par un deuil. Et le ciel d'aujourd'hui était triste, comme il convient pour un jour de funérailles.

Dans la rue qui mène au cimetière, un groupe de femmes en deuil a suivi le cercueil jusqu'au champ des morts. Vêtues de noir, les commères du village ont ouvert le cortège.

Il y avait ma mère, madame docteur avec, à ses côtés, Clémence la mercière. Suivaient Gisèle Caya et la notairesse. Toutes deux laissaient glisser leur chapelet entre des mains gantées de cuir noir. Juste derrière notre mairesse, Aurélie Rochon marchait, aux côtés d'Amanda Painchaud.

Tout le village s'est déplacé pour les funérailles de Fleurette Beaupré!

Mais les commères en ont fait une affaire personnelle. La mine triste, les yeux mouillés, on aurait juré qu'elles avaient du chagrin. Hypocrites qu'elles sont! Allons, mesdames, on ne me la fait pas, à moi! Cette disparition vous arrange. Si j'avais les ailes et l'indiscrétion d'un macareux, si je pouvais surprendre les phrases dites ou plutôt murmurées entre vous, je sais bien que je vous entendrais vous réjouir. Hypocrites, ô combien!

Triste, le décès de la maîtresse d'école? Pour ceux qui l'ont aimée, peut-être! Moi, j'ai au moins l'honnêteté de ne pas prétendre faire partie de ceux-là! Mon frère Daniel était atterré, lui. Si nous étions plus proches, je lui aurais expliqué que Fleurette ne valait pas le chagrin qu'il éprouvait. Mais il ne m'aurait pas écoutée. On ne croit que ce que l'on veut bien croire!

Sortie de mon antre de cuir, pour une fois, j'ai fermé la marche du cortège. Il était préférable que j'y sois, ne serait-ce que par prudence. Inutile de déclencher des commentaires malveillants, après tout.

Juste devant, le pépé Ménard n'arrêtait pas de répéter: « Mais qu'est-ce qui a bien pu se passer? » *Personne ne répondait. Parce que personne ne comprenait.*

Comment Fleurette a-t-elle pu se fracasser sur les rochers?

L'alerte donnée par Ian, quelques pêcheurs sont venus et ont emporté la morte dans leurs bras jusqu'au dispensaire. Papa, qui revenait tout juste de Montréal, avait un visage sinistre en indiquant aux hommes un lit pour y déposer la dépouille.

Douleur s'est glissé dans le dispensaire sans qu'on s'en aperçoive. Il s'est approché du corps, a regardé le visage et les membres brisés et s'est mis à crier:

– C'est lui! Celui qui est sorti de la terre! Je suis sûre que c'est lui qui t'a fait ça. Fais attention, Fleurette! Tu vas mourir.

Il a fallu le traîner de force hors de la pièce. Il sanglotait. Bérangère est arrivée et a tracé une croix sur le front de la morte. En fait, tout le village s'est présenté pour voir l'accidentée. Et papa, les yeux mouillés lui aussi, a dû intervenir:

– Retournez chez vous, tous! Ah c'est vous, curé? Entrez.

La police est venue de Laridée. Ils sont montés sur la falaise et ont trouvé de nombreuses traces de pas. Des traces de talon aussi.

– Mademoiselle Beaupré a dû perdre pied et glisser. Elle allait souvent sur la falaise?

– C'était sa promenade préférée.

– Eh bien comme je dis, elle a tenté de freiner sa chute. Malheureusement, elle n'a pas réussi. C'est un déplorable accident, mais ce n'est qu'un accident.

Telle a été la conclusion de l'enquêteur. Papa a émis le permis d'inhumer, le curé Gallant a chanté une messe et le cercueil vient tout juste d'être descendu au fond de la fosse. Chacun est retourné chez soi.

Je suis la seule à savoir pourquoi mon père est si triste.

Eh oui, je sais tout. Absolument tout!

Parce que pendant l'absence de papa, je suis entrée au dispensaire. Il y avait longtemps que je soupçonnais des choses et je voulais connaître la vérité.

Certaines personnes regrettent parfois une indiscrétion. Moi pas. Bien au contraire! Car la vérité était bien pire que tout ce que j'avais imaginé…

J'ai d'abord trouvé des notes manuscrites sans grand intérêt. Et puis une lettre. Inachevée. Mais dangereuse, celle-là. Oh combien! Le paternel écrivait à son ami et collègue, le docteur Talbot.

Mon cher Robert,

Eh bien voilà, j'ai terminé toutes les démarches. Dans quelques semaines, je pourrai reconnaître Fleurette Beaupré comme ma fille.

Je t'ai dit, n'est-ce pas, que j'allais être grand-père? Cet enfant, ce tout-petit, sera mon héritier, dans le vrai sens du terme. Il continuera la lignée des Larmor.

J'ai déjà rédigé un projet de testament dans lequel je laisse tout ce que j'ai à Fleurette, pour elle et son enfant. La maison ancestrale en Bretagne, la maison paternelle ici et un assez bon montant placé dans des valeurs sûres. Je n'ai pas l'impression de léser les deux autres. Daniel a presque terminé ses études de médecine. Il sera bientôt en mesure de pourvoir à ses besoins et à ceux de sa mère. Quant à Gabrielle, elle gagne bien sa vie en taillant des sacs à main très originaux qu'elle envoie par bateau dans les grandes villes. Il n'est que juste que Fleurette reçoive une compensation pour avoir été si longtemps une bâtarde!

Maintenant, elle aura un père aux yeux de tous. Du moins pour quelques mois. Car je ne me fais pas d'illusions. Le rapport du laboratoire que tu m'as envoyé est très précis: je n'en ai plus pour longtemps.

Voilà pourquoi j'ai pressé les démarches en reconnaissance de paternité. Et, dès mon retour de Montréal, je verrai le notaire Degrandmaison…

J'ai relu la terrible lettre à deux reprises, pour bien me pénétrer de son horreur! L'avenir préparé par mon père pour ses enfants était inacceptable! Fleurette allait prendre le nom de Larmor, notre *nom, elle s'installerait dans* notre *maison, elle gouvernerait tout…*

De la fenêtre, je l'ai vue passer, cette garce! Avec, dans son ventre, un voleur de famille, un voleur d'héritage. J'ai vivement remis tout en place et je suis sortie derrière elle. Elle et moi sommes arrivées sur le promontoire l'une après l'autre. Elle a fait semblant d'être contente de me voir. Si elle croyait m'attendrir, elle se trompait. Croyait-elle donc que j'allais la laisser me dérober mon bien?

Elle n'a même pas crié en tombant.

❧

Jamais je ne révélerai le secret de Gabrielle. Oh! je sais, elle était souvent rébarbative, elle avait ses piquants et ses sautes d'humeur! Mais l'héritage qu'elle a voulu protéger, j'en faisais partie, moi la maison paternelle! Et je sais qu'elle m'aimait. Cela se sentait, à la manière dont elle passait tendrement le pinceau sur mes murs, à cette façon qu'elle avait d'enlever jusqu'à la moindre poussière qui s'attachait dans les coins.

J'ai tout connu d'elle, puisqu'elle est née ici même. J'ai entendu son premier cri, j'ai veillé sur son sommeil enfantin, j'ai participé à ses joies, à sa grande peine.

Les pages de son journal, bien cachées, mourront avec moi. Quand mon bois s'effritera, quand ma charpente s'effondrera, il y aura déjà bien longtemps que l'encre aura pâli et sera devenue illisible sur le papier hachuré par l'humidité…

Coquillage

L'ESPRIT DE FLEURETTE s'est glissé, tout doux, dans un coquillage. Si vous venez un jour sur cette plage abandonnée, si vous avez l'âme couleur lilas, si vous êtes pêcheur de lune, alors vous l'entendrez murmurer.

« … J'avais la peau tendre et fragile ; les blessures y restaient profondément marquées, mettant longtemps à guérir. Pour me protéger, j'ai commencé par m'enduire d'une fine pellicule nacrée. Ce n'était pas très efficace mais ça servait à amortir les coups. Avec le temps, cette pellicule s'est épaissie pour former une carapace rigide. Pour plus de sécurité, je me suis appliquée à la rendre repoussante en la hérissant de piquants et en y mettant une couleur terne et laide. "On ne m'atteindrait plus", me disais-je. En fait, je pouvais croire que j'avais réussi à m'assurer une solitude bienfaisante et que j'étais à l'abri des coups. J'étais tellement rébarbative que très peu de gens s'y frottaient. Une fois tranquille, rassurée quant au respect de ma solitude choisie, j'ai fignolé l'intérieur de ma coquille. Ici, un enduit de nacre avec des veinures roses et bleues, là des coussins, de la musique. Un petit chez-moi très confortable même s'il n'y paraissait pas de l'extérieur. De la plage où j'avais choisi d'habiter, tout près de la baie aux Phoques, je percevais, à l'occasion, les murmures de la mer, la chaleur du soleil. À travers les interstices, je pouvais deviner un coin de ciel bleu. Et je me disais qu'il devait faire bon au dehors. Mais je n'osais m'y aventurer. Le monde extérieur est méchant et je craignais d'autres blessures comme celles que j'avais subies naguère. Oui, vraiment, mieux valait rester bien tranquillement à l'intérieur, à l'abri et au chaud.

« Un jour, un homme est passé. Il m'a vue, réfugiée tout au fond de mon repaire, s'est arrêté un court instant et, sans se laisser impressionner par mon aspect rébarbatif, m'a saluée fort courtoisement. Il est revenu, jour après jour, s'arrêtant chaque fois un peu plus longuement pour me parler, sans se préoccuper de mes silences ni même de mes reparties plutôt cassantes. Et sans trop bien m'en rendre compte, comme malgré moi, j'ai commencé à m'intéresser à lui. S'il ne venait pas durant la journée, je tentais de me faire croire que son absence m'était indifférente. Mais tout de suite, je pensais à ce qui avait bien pu lui arriver, me remémorant notre conversation de la veille et me demandant si telle ou telle remarque ne l'avait pas choqué. Le lendemain d'une absence, je guettais sa venue avec anxiété, reconnaissant son pas et me réjouissant à l'avance de son arrivée. Petit à petit, je suis sortie de ma coquille. J'ai passé d'abord la tête et j'ai regardé au dehors. Je l'ai regardé, lui. Il avait les yeux couleur du ciel, ses cheveux rappelaient l'écume de mer, sa voix était caressante comme le chant du vent et son sourire aussi éblouissant que le soleil. J'ai pris peur et suis rentrée précipitamment dans mon univers. Tout cela était trop beau pour moi. Et puis, pourquoi s'intéresserait-on à moi alors que je n'étais ni jolie, ni jeune, ni particulièrement accueillante ? Et pourtant, il revenait. Jour après jour. C'était à n'y rien comprendre. Timidement, je me suis hasardée à nouveau au dehors. C'était une belle journée et il était là. Il a parlé, longuement, doucement et si tendrement que je me suis laissé bercer par ce doux murmure et j'ai pleuré.

« Un tel bonheur était-il possible ? Était-ce bien à moi, si souvent rabrouée, si meurtrie, qu'un tel langage s'adressait ? Devais-je me laisser tenter ? Décidément, il valait mieux réfléchir encore. Nouvelle plongée dans mon monde sécuritaire. Là, je serais à mon aise pour penser. Assez curieusement, lovée tout contre mon mur de nacre, je me retrouvais dans l'incapacité totale de faire le point. Je continuais de craindre d'être blessée, d'avoir mal. Mieux valait ne pas connaître la jouissance si elle devait ensuite m'être enlevée et que vienne à nouveau la souffrance... Tel fut le résultat de mes cogitations. Mais j'avais compté sans lui. Le lendemain, la voix s'est à nouveau faite invitante, pressante même. Mes résolutions de la veille oubliées, j'ai cédé. Sortie entièrement de ma coquille, je me suis retrouvée devant lui, totalement désarmée et combien vulnérable...

« La journée fut merveilleuse. Le soir venu, je suis retournée chez moi enveloppée de cette chaleur, envahie par cet amour dont il m'avait comblée. C'était bon et cela faisait mal à la fois. Mais cette souffrance-là n'était pas pénible, au contraire.

« Les rencontres devinrent fréquentes. Je ne craignais plus de mettre mon âme à nu. Chaque jour, j'apprenais un peu plus à donner et à recevoir. C'est ainsi que je découvris que j'étais apte à la joie. Et je devins éperdument amoureuse de mon bel amant. Plus rien ne comptait, que ses visites quotidiennes. J'étais devenue une amante, osant sans crainte, aimant avec passion. Le vrai bonheur était enfin là. Puis, un jour, il n'est pas venu. Angoisse. Avais-je dit ou fait quelque chose qui lui avait déplu ? Je me perdais en conjectures et passai la nuit en larmes. Mon bonheur était si récent. Allais-je déjà le perdre ?

« Quelques jours plus tard, l'homme est revenu sans donner d'explication sur son absence. Lorsque je lui dis, le plus doucement possible, qu'il m'avait manqué, il me répondit que je devais me contenter de ce qu'il m'apportait sans tenter d'en obtenir plus. Ma crainte de le perdre était si aiguë que je me tus, sans aller plus avant. Et nos relations reprirent de façon sporadique. Il allait, venait, s'absentait, n'expliquait jamais rien et repartait durant des jours. Si je tentais d'obtenir des précisions, ses yeux devenaient gris comme un ciel d'orage, son sourire disparaissait et sa voix prenait les intonations de la mer en colère. Non sans mal, je me résignai. Je préférais encore sa présence occasionnelle à son absence indéterminée. Il était mon bonheur et, si rares que soient nos rencontres, j'en revenais éblouie. Son sourire me procurait des heures de joie alors qu'un froncement de sourcils me plongeait dans des abîmes de désespoir. Certes, j'avais perdu une partie de ma timidité, mais je vivais dans la crainte continuelle de lui déplaire.

« Parfois, dans un éclair de lucidité, je me révoltais. Qui était donc cet homme qui était arrivé à me faire perdre mon intégrité, à faire de moi sa chose ? Oh ! mais, ça n'allait pas se passer comme ça ! Je retournerais dans ma coquille et bien malin qui saurait m'en faire sortir. Puis il revenait, se faisant tendre, caressant, m'apportait un plaisir si aigu, une joie si intense que je devais bien admettre que son emprise sur moi était totale et que toute velléité de retour sur moi-même était inutile.

« Quelques mois passèrent ainsi, puis, sans que rien ne le laisse prévoir, les visites cessèrent complètement. Je le voyais parfois de loin sur la plage mais il ne me regardait pas. Son sourire avait disparu de mon univers, aucune musique ne résonnait plus à mon oreille et le ciel avait pris couleur d'orage. C'est en rampant que je retournai dans ma coquille. Mais elle était fissurée. Ce bouclier que j'avais mis tant de temps à bâtir était tombé en même temps que mes défenses et j'étais redevenue vulnérable. Il pleuvait chez moi sans que je parvienne à trouver le courage de colmater les voies d'eau.

« Je me traînais, sans énergie, incapable de faire le bilan. Je ne voyais plus la joie que j'avais éprouvée que pour regretter de m'y être adonnée et je regardais avec amertume mon logis devenu inconfortable.

« Les jours passèrent et je restais pantelante de peine, détestant celui que j'avais tant aimé et me jurant de ne plus jamais me laisser prendre. Je rampais, sortant parfois quelques minutes et, voyant de loin mon amour, je revenais en pleurant dans ma coquille, maudissant celui qui l'avait rendue inutile.

« Pendant une de ces promenades où je remâchais mon amertume, j'ai rencontré Lison. Plus par désœuvrement que par intérêt, j'ai échangé quelques mots avec elle. Elle a souri et j'ai constaté avec étonnement qu'elle semblait me trouver aimable.

« Alors j'ai déversé sur elle toute ma peine, mon amertume, ma honte de m'être laissée aller, moi qui me croyais si forte, et tellement inaccessible. Pas une fois elle ne m'a interrompue. Silencieuse, n'approuvant ni ne désapprouvant, elle restait là, attentive. Petit à petit, sa présence a mis un baume sur mes blessures et je suis devenue plus réceptive. Alors elle a parlé.

« Tour à tour elle s'est faite approbatrice ou grondeuse, aimante mais ferme. Et j'ai compris que si j'avais perdu un amour, j'avais gagné une amitié combien plus précieuse.

« J'ai la peau tendre et fragile. Pour me protéger, j'ai entrecroisé des bardeaux et barricadé ma fenêtre. Mon extérieur est refait, tout aussi laid, tout aussi piquant, encore plus rébarbatif qu'auparavant. J'ai travaillé très fort à rebâtir mon bouclier. C'est fait et j'ai retrouvé mon intégrité.

« Mais réfugiée tout au fond de mon nouvel univers, je serre bien fort, tout contre mon cœur, la certitude d'une chaude amitié. »

Le chant des défunts

LE SUICIDE DE LAURA, l'incendie, l'assassinat de Fleurette, trois événements, presque simultanés, comme suivant un programme pré-établi, un ordre de choses qu'on ne pouvait modifier. Et le village allait bientôt porter vraiment son nom : les lieux morts…

C'était une nuit maussade, geignarde. Une nuit à dormir couché au cimetière, bien creux, à l'abri des gouttes qui trempent et font pourrir le bois. Tout était imprégné d'eau, de goémons et de saumure.

Mais les regrets, qui ne prennent jamais de repos, poussaient, profondément enracinés, comme de la mauvaise herbe. Pour se consoler de tant de pluie, ils parlaient d'extases mortes. Tout était bruissements, secrets et inconsistance.

Le village dormait, inconscient du danger. Au cimetière, les morts se tenaient tranquilles, épuisés qu'ils étaient par l'émotion d'avoir accueilli la Fleurette, le matin même.

— Trop jeune. Beaucoup trop jeune pour faire une morte.

— Comme Laura.

Tels avaient été les seuls commentaires faits le matin par les habitants du village et entérinés par les défunts.

Le ciel pleurait tant et tant qu'il nous cachait la comète. Pourtant, elle était toujours là, en instance de maléfice. C'était elle, sans aucun doute, qui portait la triste responsabilité de tous les malheurs qui avaient secoué le village. Mais ce n'était pas suffisant: il lui fallait frapper un grand coup. Elle s'y est décidée la nuit qui a suivi l'enterrement de Fleurette.

Un trait de lumière a traversé d'épais nuages et a frappé la mer noire, derrière l'île Maudite. Des profondeurs de l'abysse est monté un grondement, presque un rugissement, qui a fait gonfler les flots. Une immense vague s'est formée, a pris de l'amplitude et s'est dirigée au galop vers la côte…

Aidée par un vent malveillant, une montagne liquide s'est abattue sur la presqu'île et s'est transformée en écume bouillonnante qui arrachait des pierres avec fureur. La terre a tremblé encore une fois. L'eau s'est infiltrée dans la fissure qui séparait le cimetière du monde des vivants.

Le grondement s'est amplifié en un *crescendo* assourdissant. La mer s'est retirée, emportant avec elle la maison de Dieu, celle de son prêtre et le champ des morts. À la surface, une humble croix de bois a flotté quelques instants avant de s'enfoncer lentement.

∾

En emportant le cimetière, c'était la vie même du village que la mer venait d'enlever. Quand il n'y a plus de morts à qui parler, comment saurait-on que l'on est vivant?

En quelques jours, le village est devenu désert, aussi maudit que l'île qui lui faisait face. Il n'est plus resté que nous, les habitations, témoins d'un autre temps, d'un autre siècle.

Parfois, comme pour se faire pardonner, la mer passe à contre-courant entre le continent et l'île Maudite.

Alors, on entend pleurer les cloches englouties.

Table

Dans la même collection

PAO : Éditions Vents d'Ouest inc.

Impression et reliure : Imprimerie Gauvin ltée
Gatineau

Achevé d'imprimer en avril
deux mille deux

Imprimé au Canada